Alexandru

IUBIND-O PE EA

EDIȚIE SPECIALĂ

STYLISHED
Timișoara, 2018

Descrierea CIP a Bibliotecii Naţionale a României
CHERMELEU, ALEXANDRU
Iubind-o pe ea / Alexandru Chermeleu. - Ed. specială.
- Timişoara : Stylished, 2018
ISBN 978-606-94540-1-5
821.135.1

Editura STYLISHED
Timişoara, Judeţul Timiş
Strada Ion Raţiu nr. 18
Tel.: (+40)727.07.49.48
www.stylishedbooks.ro

Alexandru Chermeleu

IUBIND-O PE EA

EDIȚIE SPECIALĂ

Mulțumiri

Îi mulțumesc lui Dumnezeu. Fără El, această carte nu ar fi existat.

Îi mulțumesc iubitei mele, Diana. Fără ea, această carte nu ar fi fost scrisă.

Le mulțumesc părinților mei. Fără ei, această carte nu ar fi fost publicată.

Le mulțumesc prietenilor mei. Din viața reală și de pe Facebook. Fără ei, această carte nu ar fi avut sens.

Le mulțumesc cititorilor mei. Fără ei, această carte s-ar fi transformat în praf de stele.

:)

A.C.

Începutul

Recitind superba carte a lui Erich Fromm, „Arta de a iubi", mi-am reamintit de niște rânduri minunate, scrise de Rumi: „Cerul este Bărbatul, iar pământul, Femeia!".

O metaforă sublimă a masculinului și a femininului. O metaforă în care cei doi, bărbat și femeie, se reîntâlnesc și se unesc cu grația Creatorului într-un labirint atât de complicat al ființei, în peisajele pictate cu patos, în pomii ce rodesc fructele împlinirii și într-un joc mitic al adulților, inocent și fără de sfârșit.

Cerul nu poate fără pământ, la fel cum pământul nu poate fără cer. Pământul nu poate fără căldura cerului, la fel cum cerul nu poate fără rodul pământului. Tot ceea ce pământul cere, cerul îi oferă, ocrotindu-l sub membranele dătătoare de viață. Ziua, cerul luminează pământul și îl animează, hrănindu-l cu energia timpurilor, iar noaptea, pământul îi mulțumește cerului prin liniștea ce se așterne în infinit. În după amiezile amorțite, cerul îmbrățișează pământul, iar acesta îl sărută cu fiorii dulci al unui nou început.

Sunt cei mai buni prieteni și cei mai buni amanți. Cei mai buni soți și cei mai buni părinți. Când pământul plânge, cerul îi șterge lacrimile și îi curăță suferința. Când cerul este bucuros, pământul înflorește și absoarbe frumusețea veacurilor. O simbioză perfectă a simțurilor și a iubirii plenare. A unei iubiri ce se împlinește în orizontul trupurilor. Așa cum cerul și pământul se unesc în orizontul privirilor. Așa cum cei doi îmbătrânesc împreună, în echilibrul minții și în armonia inimilor.

Atunci când bărbatul se va uita la femeia din viața lui așa cum cerul se uită la pământ și atunci când femeia se va uita la bărbatul ei așa cum pământul soarbe din cer, numai atunci iubirea va învinge. Pentru că așa cum cerul iubește pământul și pământul adoră cerul, tot așa și bărbatul își prețuiește femeia ce îl adoră atât de pur.

Ați văzut vreodată cerul și pământul făcând dragoste? Așa ar trebui și oamenii să se iubească!

CAPITOLUL I

EA ESTE...

CE ÎNSEAMNĂ O FEMEIE?

O femeie înseamnă lumina ce transformă noaptea cea mai lungă și întunecată în ziua așteptată cu atâta sinceritate printre miliardele de stele ce se fac nevăzute în rămășițele sclipirii lor.

O femeie înseamnă glasul cel mai dulce din mulțimea de voci ce sună metalic și surd, a durere.

O femeie înseamnă cartea cea mai nobilă, așternută în raftul fără de praf al inimii.

O femeie înseamnă atingerea cea mai fină din nesfârșitele trupuri ce trec unul pe lângă celălalt în graba timpului.

O femeie înseamnă cântecul cel mai cald din nenumăratele sunete aruncate cu tenacitate înspre urechile ce nu se lasă auzite.

O femeie înseamnă izvorul cel mai pur din care îngerii își liniștesc setea primordială de viață.

IUBIND-O PE EA

O femeie înseamnă apa cea mai lină în care zeii se scaldă din zorii înfrigurați și până la sfârșitul ceasului.

O femeie înseamnă culoare, atunci când toți ceilalți pictori respiră-n alb și negru.

O femeie înseamnă viața din care pruncul e zămislit cu suferință și cu plânsul purificator.

O femeie înseamnă bucuria ce a învins tristețea secolelor uitate în avalul ființei.

O femeie înseamnă focul ce a topit atâția ghețari ai egoului în lupta milenară a minții și a inimii.

O femeie înseamnă pace în tropotul războaielor ce urlă-n cor neliniștea.

O femeie înseamnă iubire atunci când își deschide ochii, dar și atunci când îi închide.

O femeie înseamnă totul pentru bărbatul care o iubește și care merită o bucățică din inima și sufletul ei.

O Femeie înseamnă... tu!

Atâtea femei într-una singură...

Câte femei pot sălășlui într-o singură femeie sau de câte femei este nevoie pentru a compune perfect o singură ființă. De la femeia care iubește și cea care urăște. Femeia care te ceartă și cea care te alintă. Femeia tristă sau femeia veselă. Femeia care țipă și femeia care îți șoptește. Cea care adoră sau cea care doar se lasă adorată. Femeia care gătește și cea care spală. Femeia seducătoare și femeia independentă. Femeia mamă și femeia soție. Un amalgam de femei și de roluri bine definite.

Bărbații s-au obișnuit să iubească doar „femeile bune" din femeia pe care ei spun că o adoră. Dar cum ai putea să iubești doar pe bucăți? E ca și cum ai fragmenta femeia de lângă tine, alegând doar ceea ce te face fericit și aruncând în coșul gândurilor părțile mai puțin bune. Până la urmă, Femeia este un cumul al tuturor femeilor ce se regăsesc în ea. O femeie nu se iubește în straturi și nici secționat.

O femeie se iubește cu totul și fără pauze de respirat. Poate numai atunci când îți tragi suflarea și continui. Continui să o iubești și să o descoperi. Să descoperi toate celelalte femei care trăiesc în ea și pe care trebuie să le accepți ca fiind una și aceeași. Pe femeia de lângă tine nu o poți adora curat și sincer decât atunci când unești toate femeile într-una singură. Dacă alegi și separi, nu faci decât să fragmentezi iubirea, să o sugrumi. Să o falsifici și să încerci să „cumperi" la un preț redus, fericirea.

Așadar, oprește-te din numărat. Într-o singură femeie se găsește o infinitate de femei. Cuvintele nu își găsesc forma pentru a exprima numărul lor. Un lucru însă este cert: Femeia se iubește autentic. Atât femeia înger, cât și femeia demon.

„Iar dacă un bărbat se așteaptă ca femeia de lângă el să fie un înger în viața lui, el trebuie ca prima oară să creeze Raiul pentru ea. Îngerii nu trăiesc în iad!"

Există o legătură indestructibilă între o femeie frumoasă și o carte bună! O imagine atât de unită precum două bucățele de suflet ce se recompun atât de natural în fața ochilor. Femeia frumoasă și cartea bună pot lua cu ușurință un Oscar binemeritat în inima bărbatului ce se lasă adulat de atingerea lor.

Să descoperi femeia frumoasă e ca și cum ai citi o carte bună și te-ai cufunda în adâncul trăirilor așternute în tușul cuvintelor. Niște cuvinte parcă desprinse din paginile încercate de priviri curioase și degete tremurânde. Să atingi o femeie frumoasă e ca și cum ai răsfoi din nou și din nou aceleași pasaje găsite în capitolele înnobilate de suflarea autorului. Să săruți o femeie frumoasă e asemenea coperților fine și cercetate cu blândețe de mâinile plăpânde ale cititorului. Un cititor exaltat și vrăjit de poveștile ce prind viață și îl invită insistent la trăirea lor.

„Femme fatale” poate deveni ușor „The book of the year”, iar atunci când ajunge în brațele bărbatului însetat de iubire, un candidat suprem la titlul de „The book of your life”. Între femeie și carte e o legătură de sânge atunci când doar pe acesta îl simți cum îți pompează asiduu în arterele ce strigă dulce. Femeia frumoasă, inteligentă și plină de iubire e combinația dintre Heidegger, Fromm și Y Gasset, presărată cu cuvinte meșteșugite în

cer și fărâma ascunsă și necesară de feminitate din cărțile lui Cărtărescu. Acupunctura premeditată a porilor ființei atunci când te lași copleșit de imaginea ei, ușor paralizantă.

Să iubești o asemenea femeie e ca și cum ai completa biblioteca minții și a inimii cu singura carte ce lipsește din miile și zecile de mii de cărți de suflet. Un bărbat are multe dorințe...

Dar, mai mult decât orice, un bărbat își dorește lângă el o femeie frumoasă cu o carte în mână!

ÎMI PLAC FEMEILE CARE...

...te pictează în pastelul inimii. Atunci când mii de culori nu sunt îndeajuns pentru a întregi tabloul neînrămat al celor doi. Când două pete de culoare mângâie cald atâtea forme nedeslușite în pașii timpului. Cele mai frumoase femei sunt cele care sunt pictate. Pictate în iubirea celuilalt!

Îmi plac femeile care știu să spună nu după ce au spus atât de mulți „da", dăunători sufletului. Femei care au deslușit gramatica iubirii și au așezat, în fraze moi, semnele timpului. Îmi plac femeile ce stau picior peste picior, fără a se lăsa cucerite sec de vorbele seci ale unui trântor neobosit în meșteșugul cuvintelor. Cuvinte înnobilate de mister, chiar dacă el nu e un mister și nici atât de nobil!

Îmi plac femeile ce nu își uită rolul și care știu să-l schimbe atunci când e nevoie. Să fii și spectator, dar și actor al vieții tale. Cei mai buni regizori ai sentimentelor sunt cei care transformă drama celor doi într-o poveste romantică cu Happy End. Iar dacă ea a înțeles sfârșitul, va ști să îmbrățișeze începuturi.

Îmi plac femeile ce îți zâmbesc cu ochii dinăuntru. E cel mai autentic zâmbet atunci când cel din exterior e ca o mască topită a unui chip ce a-ncetat să lupte. Îmi plac femeile pe tocuri, atunci când sub acestea sunt sfărâmate gălăgios fantomele trecutului. Numai așa o femeie este sexy.

Îmi plac femeile ce știu să savureze un cocktail, amestecând în el doar ingrediente fine și alese. Când cea mai căutată aromă nu vine de la el, ci de la ea și pielea-i albă. Ca un parfum rar ce îl presari o dată și te bucuri de el o viață.
Îmi plac femeile ce-au învățat să se iubească. Iar mai apoi... să și iubească!

Femeia singură...

Ușor dezmierdată de glasul fin al unei dimineți ce pătrunde în porii deschiși ai unui trup îngrijit. O cafea ce se lasă așteptată de mâinile ce ating o ceașcă inscripționată în ecoul singurătății. Scrijelită de momentele când ea întreabă și tot ea răspunde. O singurătate dulce și acceptată. Mai mult asumată. Femeia singură nu este femeia slabă. Nici femeia ce a capitulat în fața iubirii. De multe ori, „singur" înseamnă pregătirea atentă a ființei și așteptarea senină a unei fericiri ce încă nu a găsit drumul spre tine. O re-creație aproape perfectă a socialului și îmbrăcarea imaginarului în speranțe fin creionate.

Femeia singură este femeia care a învățat trecutul și a îmbrățișat prezentul. Ea nu se lasă fracturată de lipsa mâinilor ce pot să o îmbrățișeze cald. Nici de întârzierea unor ochi ce îi pot citi în inimă ce alții nu au reușit să citească nici în cărți alese. Nu este doborâtă nici de așteptarea parcă fără de sfârșit a unui trup ce o poate încălzi în diminețile reci și în serile repetate, asemenea unui disc vechi de vinil ce gâdilă auzul celor care încă mai cred în ritmul inimii.

Femeia singură este femeia puternică. Atunci când a deslușit amorul atingerilor și nu s-a lăsat păcălită doar de ele. Atunci când a învățat să privească atât în oglinda de pe perete cât și în cea imprimată în suflet. Când a înțeles că mai bine singur în minte și în inimă decât singur în doi. O singurătate la pătrat și înmulțită tot de atâtea ori cu vorbele unui bărbat ce a uitat să îi mai vadă frumusețea.

De multe ori, e cea care a învățat iubirea. Iar acum, ea doar așteaptă să o poată oferi mai departe! :)

Așadar, cum arată Femeia singură?

Arată bine. Al naibii de bine!

Cu capul pe umeri...

Cu toții am adorat-o la un moment dat. Cu toții am iubit-o și încă o mai iubim. Dar nu „femeia-poveste" despre care nu auzim decât în istoriile idealiste ale bărbaților la fel de idealiști sau „femeia fatală" pe care o vedem doar în filmele ce au dărâmat toate box office-urile mondiale.

Mă gândesc la femeia simplă care poate dărâma, la rândul ei, box office-ul oricărui bărbat și topul cel mai pretențios cu putință. Femeia independentă, care știe ce vrea și, mai important... și pe cine! Cum vrea și cât vrea! Unde vrea și de ce. Femeia care își dozează aproape perfect fiecare mișcare suavă rătăcită ca într-un vis în fața bărbatului din fața ei.

Femeia care ştie că a fi frumoasă nu ţine decât de ea şi de iubirea pe care şi-o poartă cu atâta eleganţă, zi de zi şi completată în etern de iubirea bărbatului ce i-a sedus mintea şi apoi universul. „Îmbătată" fiind de mirosul organic şi de lichidul atât de dulce al simţurilor ce îi traversează atent toate venele-i tremurânde, mustind de sângele unui sublim fior.

Femeia cu capul pe umeri este frumoasă atunci când are capul pe umerii ei. Este femeia care îşi trăieşte emoţiile şi îşi desluşeşte miraculos trăirile. Limbajul trupului ei nu minte, iar cuvintele rostite îşi găsesc rostul. Este atentă la trăirile celorlalţi, dar nu se confundă cu ele. Femeia cu capul pe umeri nu se confundă decât cu ea însăşi şi nu se lasă purtată de măştile stropite cu egoul bărbaţilor care o vor doar pentru un cântec al dragostei...

Femeia cu capul pe umeri stă dreaptă în faţa vântului ager al trecutului şi plecată în faţa iubirii, închinându-se în faţa ei şi primind-o în suflet şi în viaţă asemenea porumbelului călător, prea mult aşteptat. Pentru că vestea îndrăgostirii este forţa inefabilă ce o susţine şi cea mai dulce chemare a timpurilor trăită în anotimpurile inimii. A unui prezent atât de pur și îmbrățișat.

M-am întrebat mereu ce își dorește cel mai mult o femeie cu capul pe umeri. Cred că am găsit răspunsul: își dorește să-și sprijine capul pe umerii bărbatului iubit. Își mai dorește să spună un Nu!

Nu în fața unui tehnician corupt al sentimentelor. În fața unui compliment ce caută mai mult trupul decât mintea. ***Nu*** în fața unui film de scurt metraj neinspirat. ***Nu*** în fața fantomelor trecutului ce imprimă desuet holograme în prezentul pur. Un ***nu*** răspicat și just în fața plăcerilor ce au ajuns confundate cu fericirea. O femeie va ști să zică ***nu*** atunci când e implorată să nu pună punct, ademenită fiind de atâtea virgule răscolitoare și iluzorii. Atunci când e rugată să nu rupă foaia sau să o întoarcă. ***Nu*** în fața unui ego ce a sălășluit prea mult îndepărtând esența. ***Nu*** în fața mirosului păcălitor și ademenitor al unui parfum adorat doar dimineața și în orele târzii din noapte. Ea ar prefera, mai degrabă, mirosul pur de ozon. Ca după o ploaie de vară ce spală în grabă orice urmă de regret. ***Nu*** în fața ispitelor dulci și glazurate. Cele mai bune prăjituri sunt cele servite în doi. Nu la cofetărie, ci acasă! ***Nu*** în fața nefericirii ce i-a năpădit suficient porii și i-a sugrumat cu premeditare orice urmă de zâmbet. O femeie care se respectă va ști întotdeauna când să spună ***nu***, dar va alege mereu un ***Da*** în fața iubirii adevărate.

Ascultă-ți glasul inimii!

Nu te mulțumi cu jumătăți de măsură!

Nu te lăsa cucerită de orice impostor de suflete! Mulți dintre ei nu se iubesc îndeajuns. Cum ar putea să te iubească așa cum meriți?! Când patul e prea cald, iar inima prea rece. Nu aștepta un bărbat care să îți recite din versuri alese. Fii tu o poezie pentru tine, în primul rând! Bărbatul potrivit te va invita în suflet și nu-și va mai dori să pleci. Nu accepta să porți o bluză care să îți ascundă frumusețea. Cine te vede așa cum ești, te va iubi și dimineața. Căci noaptea, toți iubesc la fel. Nu te lăsa pe locul doi. Nu este un loc câștigător. Trebuie să fii doar prima. Atât în minte, cât și în inimă. Nu savura prea multe cuvinte dulci! Atâta timp cât ele nu se transformă în fapte. E ca o haină ce nu o să-ți mai placă în timp. O vei da jos și vei uita de ea. Nu fi atrasă de un chip frumos! Cele mai multe povești se ascund în interior. Acolo trebuie să cauți! Și vei găsi. La timpul potrivit. Învață să îl iei pe „nu" în brațe atunci când ochii ceilalți îți urmăresc cu atenție trupul! Când inima nu mai tresare demult la ce iubeai cândva. Când celălalt îți vede formele, dar nu își dorește să le deslușească. Nu te mulțumi cu jumătăți de măsură! Nu vei putea gusta întregul. E ca o prăjitură ce o savurezi pe jumătate. Atunci când buzele îți sunt desprinse de parfumul ei. Tu ești Femeie! Iar o Femeie înseamnă atât de mult. Tu poți să ceri totul de la viață... și ceva în plus!

Nu ai nevoie de o oglindă pe care să o porți pentru a ști mereu cât ești de frumoasă. Nu trebuie să fii parfumată zi de zi pentru a putea să fii recunoscută din mulțimea nebună din jurul tău. Singurul tău parfum e zâmbetul pe care-l porți cu atâta eleganță prin vântul sufletului. Nu ai nevoie de tocuri înalte. Poate doar uneori. Atunci când picioarele tale fine sunt admirate în secret de același bărbat ce nu a uitat să-ți șoptească iubirea. Nu ai nevoie de cristale și nici de diamante atunci când chipul tău plăpând strălucește mai puternic decât orice piatră rară.

Nu ai nevoie de mașini scumpe și nici de bărbați care să te conducă. Poate doar în fața altarului și mai departe de atât.

Nu ai nevoie de cocktailuri și nici de elixiruri promise ființei. Atunci când singurul cocktail atât de dulce sunt o minte și o inimă ce se împacă sub aceeași liniște.

Tu nu ai nevoie de botox și nici de silicoane. Tu ai nevoie de atitudine, încredere în tine și un bărbat care să te completeze.

O femeie are nevoie de... ea! Și totuși, ce își dorește o femeie?

Atât de puțin și atât de mult. Să fie mângâiată atunci când lacrimile ei cern palmele. Să fie ușor îmbrățișată atunci când trupul ei strigă încet-șoptit. Să fie îmbrățișată atunci când este singurul lucru pe care inima îl cere. Își dorește să fie sărutată pe buzele-i moi, dar și pe ochii ce pictează viața. Să fie alintată atunci când sufletul îi râde, să fie atinsă blând în gânduri. Își dorește să danseze, acompaniată de mișcări diafane.

IUBIND-O PE EA

O femeie își dorește să facă dragoste. Când trupurile se unesc și cântă în duet același vers nescris al celor doi. O femeie își dorește să fie adorată, din pragul dimineților amare și până-n toiul nopților ascunse-n lună. O femeie își dorește să fie uneori lăsată în pace, iar alteori să nu-ți întorci privirea de la ea. Își dorește un copil sau poate chiar mai mulți. Pentru a duce mai departe frumusețea. Și iubirea ce o poartă-n sân și prin toți porii. O femeie își dorește să fie iertată. Atunci când uneori greșește. Să rămână atunci când are pentru ce lupta și să plece atunci când inima îi spune „Gata"! Să fie protejată lin de răul lumii și ocrotită ca o floare cu miros atât de rar.

O femeie își dorește să fie ascultată. Atunci când ceilalți rămân aievea surzi la corul vieții. Își dorește să fie admirată, în gând sau în ecou, dar să îi spui. O femeie își dorește să privească în oglindă. Atât în cea a sufletului, cât și în cea de pe perete. O femeie își dorește fapte, dar și cuvinte presărate-ușor. Își dorește liniște. Atât în interior, cât și afară.

O femeie își dorește să fie Femeia. Departe de măști și de simulacrul vieții.

Cel mai mult, o Femeie își dorește un bărbat. Dar nu orice bărbat. Un bărbat care să-i poată oferi toate acestea...

O Femeie își dorește să fie iubită de bărbatul pe care îl iubește. Și atât!

CE ÎȘI DOREȘTE UN BĂRBAT?

Se întreabă, la rândul ei, femeia! Vrei o cafea? Sau un copil? Sau poate o excursie la Paris? Sau poate doar un mic dejun servit în diminețile dezghețate. Toate fac parte din textura fină a unei relații. Unele femei, însă, se rezumă doar la atât și se opresc aici. Din mulțimea de bărbați ce caută necontenit femeia care să le ofere Fericirea. Un bărbat își dorește să fie înțeles atunci când cuvintele rostite își caută, singure, o alinare caldă. Un bărbat își dorește să fie apreciat atunci când gândurile sale prind contur și creionează, cu tandrețe și ușor, ființa de lângă el. Își dorește să fie puternic doar pentru a putea strânge la piept o jumătate atât de dragă. Își dorește să aibă controlul atunci când știe că îl poate pierde atât de ușor în palmele ce îl mângâie neîncetat. Un bărbat își dorește să ofere, dar și să primească, învățând acest schimb ca un copil ce își învață zâmbetul. Un bărbat își dorește să cucerească o inimă deja cucerită atunci când este ales din miile de voci ce strigă într-un cântec, același chip angelic de Femeie. Își dorește să fie lăudat, atât de oamenii de dinafară, dar mai ales de cea pe care o poartă în suflet. Își dorește să fie ascultat chiar și atunci când, poate, nu mai are nimic de spus. Bărbatul își dorește împlinire, atât în plan teluric cât și în planul diafan al celor doi. Atunci când două minți și două inimi se contopesc magic, în Noi. O împlinire reciprocă în gânduri, în simțiri și în iubire. Își dorește să fie lăudat atunci când câștigă, dar și când pierde, conștient, în ochii ce țintesc asupra lui. Un bărbat își dorește uneori să fie copil, doar pentru a putea râde cu ochii lui și a se juca mult și naiv cu celălalt. Își dorește să fie bărbat în fața femeii ce a devenit Femeia! Să fie alintat când Femeia de lângă el este mamă, să fie adorat când îi devine soție, și răsfățat când e amantă. Atunci când greșește, un bărbat își dorește să îi transformi pedeapsa în iertare, critica în încurajare, cearta în dojană, mânia în blândețe, neliniștea în seninătate, durerea în alinare, suferința în înțelepciune. Să îi transformi eșecul în speranță, înfrângerea în lecție de viață și pierderea într-un nou început. Ce își mai dorește un bărbat? E întrebarea retorică, profundă, misterioasă, o întrebare pe care bărbatul o poartă în străfundurile lui, în toată ființa lui, de multe ori, nedeslușită, fără să știe, fără să înțeleagă că deseori, el însuși nu știe ce își dorește. Iubirea se simte, se construiește, se dedică și se jertfește, iar o femeie care are vocația iubirii, îl va ajuta să înțeleagă ce își dorește, căci „iubindu-te pe tine, mă înțeleg pe mine însumi", spunea poetul. Iar femeia de lângă el trebuie să știe și să simtă acest lucru fără să îi spui, fără să îi explici, pentru că iubirea nu se explică și nu se disecă. Ce își dorește un Bărbat? Să ghicești în locul lui, câteodată, ce își dorește, fără să îl întrebi, doar să-i asculți tăcerea.

Bărbați și bărbați...

Dacă e îmbrăcat la costum, dar își aruncă amintirile pe jos, nu e un bărbat adevărat. Poate doar un imatur. Nu ai vrea să ieși în lume cu el. Probabil nu l-ai ține nici în casă. Unul care dă totul nonșalant pe afară s-ar putea să te rănească și înăuntru. În suflet. Dacă se uită prea mult în telefon în loc să te privească în ochi, s-ar putea să nu fie ceea ce îți dorești. Mai ales la prima întâlnire. Cine e interesat de mintea și inima ta nu are ochii ocupați cu altceva. Mai sunt și cei care se uită în decolteu. Nu e nimic grav. Atâta timp cât nu rămân cu ochii ațintiți acolo. Dacă te invită la el acasă și nu observi nicio carte în biblioteca personală s-ar putea să nu îți placă. Femeile inteligente au înțeles că atracția intelectuală e mult peste cea senzuală. Chiar dacă cele două se combină sublim. Dacă vorbește urât despre fostele lui, cu siguranță vorbește despre el. Iar dacă ajungeți să vă despărțiți, s-ar putea să vorbească și despre tine. Dar nu de bine. Dacă se laudă prea mult, alții îl laudă prea puțin. Oamenii excesiv de modești pot da de gândit. Par lipsiți de strălucire. Însă cei care își hrănesc egoul constant și în exces sunt cei mai periculoși. Asta pentru că nimeni nu e mai bun decât ei și nici nu va fi. Dacă nu plătește la prima întâlnire, nu va plăti nici la ultima. Vei plăti tu. Cu vârf și îndesat. Într-o relație nepotrivită, nota de plată se face la final. Toți banii din lume nu vor putea acoperi o suferință ce a lăsat amprente în inimă. Iar dacă bărbatul de lângă tine naște lacrimi în loc să le șteargă, ar trebui să i le ștergi tu. Atât lacrimile lui cât și pe ale tale. Un bărbat adevărat arată bine, în primul rând, pe interior. Un bărbat adevărat este cel care a reușit să domolească umbrele trecutului și să facă pace cu himerele din prezent, fără a mai alerga după ele. Bărbatul adevărat poate fi îmbrăcat la costum sau poate fi dezbrăcat complet. Important este ce are în minte și în inimă. Restul sunt doar accesorii. La unii se pretează iar la alții, nu. Bărbatul adevărat nu rănește. Iar dacă o face, îi pare rău că a făcut-o și nu pentru că a fost prins. Un bărbat adevărat are atitudine, indiferent că are 1,90 sau 1,70. Felul în care intră pe ușă face diferența. Întotdeauna. Un bărbat adevărat este cel care a reușit să-și îmblânzească orgoliul. El știe că acesta nu a deschis niciodată uși. Dimpotrivă, le-a închis. Pe unele, definitiv. Iar dacă vrei să pășești pragul femeii dorite, e musai să o faci cu atenție. Fără a dărâma frânturi de gând în jurul tău. Bărbatul adevărat e un vânător aprig și un cuceritor desăvârșit. Atunci când recucerește inima celei de lângă el, zi de zi. El te susține în echilibru. Nu îl distruge! Înclină balanța înspre voi, nu înspre el. Te ține de mână, nu de vorbă. Te îmbracă suav în cuvinte ca mai apoi să te dezbrace, frenetic și cu dorință, în fapte. Bărbatul adevărat nu este cocoțat pe garduri. Deși e posibil să treci zi de zi pe lângă el și el pe lângă tine. Dar înainte de a vă întâlni, e important ca tu să devii femeia potrivită. În primul rând pentru tine. Un bărbat adevărat are nevoie de o femeie sigură pe ea. O femeie care să îl ridice și nu una care să îl doboare. O femeie are nevoie de un bărbat. Dar nu de orice bărbat. Orice înseamnă puțin. Iar ea își dorește Totul!

DACĂ AȘ FI FEMEIE...

Aș învăța stelele pentru a îmbrățișa cerul în toată grandoarea lui. Aș învăța nisipul pentru a mă lăsa pradă ușoară mării și valurilor ce mă cheamă. Aș învăța versurile pentru a recita iubirea în corul inimii ce a încetat să se mai facă auzită. Aș învăța ploaia pentru a cunoaște dansul pur al fericirii atunci când umblu dezgolită și-n pași aleși de fiorii de temut al unui lin suspin. Aș învăța culorile pentru a mă putea picta infinit în tabloul nostru înrămat de timpuri.

Dacă aș fi femeie, aș învăța mângâierea pentru a putea fi alintată de propriile degete înainte să o dăruiesc. Aș învăța întunericul pentru a cunoaște lumina ce mă cuprinde în fiecare moment împărtășit cu mine. Aș învăța setea și foamea pentru a nu mă sătura mai apoi de sufletul bărbatului de lângă mine ce îmi hrănește ființa. Aș învăța urâtul pentru a mă putea bucura în final de frumosul dinăuntrul meu și dimprejur. Aș învăța lacrimile și le-aș păstra cu grijă atunci când fiecare picătură amar-transparentă îmi arată cum să zâmbesc. Aș învăța măștile pentru a mă putea feri de ele.

Dacă aş fi femeie, aş învăţa trupul pentru a-l păstra cu grijă de copil ce-mi cântă spiritul. Aş învăţa mintea pentru a-i „face loc" în inimă atunci când lupta dintre cele două se dizolvă. M-aş învăţa pe mine pentru a putea învăţa bărbatul de lângă umărul meu şi a repeta iubirea lui şi-a mea ca un refren.

Dacă aş fi femeie, aş învăţa să îmi alint bărbatul pentru a putea fi alintată-n glas şoptit şi presărat aievea. Aş învăţa atingerea lui pentru a-l atinge-n ceasuri surde şi încremenite. Aş învăţa zgomotul îndrăgostiţilor pentru a putea gusta din liniştea de neclintit a dragostei adevărate.

Dacă aş fi femeie aş învăţa viaţa şi mi-aş lua un bărbat...

Un bărbat care să îmi spună zi de zi cât sunt de frumoasă. Chiar dacă eu ştiu asta. Un bărbat care nu se va plictisi niciodată să mă savureze din vârful sprâncenelor obraznice şi până în vârful degetelor ce caută atingerea lui în nopţile ce cântă a noi. Mi-aş lua un bărbat care să nu îmi uite numele atunci când ne căutăm aievea în vis. Un bărbat care să facă dragoste cu mine de la începutul dimineţilor aromate de cafeaua pregătită de el și până în toiul nopților ce îmbrățișează două trupuri numite dorință.

Mi-aș lua un bărbat de la care aș avea ce să învăț. În primul rând... iubirea! Un bărbat care să îmi domine mintea și mai apoi trupul. Un bărbat care să mă invite în suflet și mai apoi în dormitor. Mi-aș găsi un bărbat care să mă respecte. Un bărbat ce își dorește să mă țină în brațe atunci când am nevoie cel mai mult de asta. Un bărbat care să mă picteze în culori aprinse și să mă stingă în cuvinte așternute fin în cartea noastră. Să mă îmbrace în fapte și să mă poarte șoptit în minte și în inimă. Să mă alinte senin și să mă certe blând atunci când, poate, merit.

Mi-aș lua un bărbat care să mă facă să mă simt femeie. Și nu l-aș mai lăsa să plece.

Există femei simple ce au impresia că sunt deosebit de complicate și femei complicate ce-și transformă simplitatea într-o virtute. Așa cum există bărbați simpli ca „bună ziua" și bărbați ce își complică existența cu femei pe care încearcă să le înțeleagă. De cele mai multe ori, nu reușesc să se înțeleagă pe ei înșiși!

Țigara nu o pricepi. O fumezi! Iar femeia nu se înțelege. Se iubește! Când ajungi acasă, pornești televizorul și începi să privești. Nu te interesează cum funcționează. Important e că te uiți! Cu femeile nu e foarte diferit. Ajungi acasă și continui să o iubești. Nu încerci să o înțelegi. Cel mult o asculți și îi umpli inima neîncetat. Asemenea unui izvor nesecat ce se revarsă necontenit în sufletul celuilalt. Atunci când mintea și inima sunt inundate inocent cu trăiri, emoții și sentimente ridicate la pătrat. Atât de ușoară este matematica iubirii!

Femeile sunt complicate? Probabil. În aceeași măsură în care și un bărbat poate fi complicat. Însă e mult mai simplu să nu te gândești la lucrul acesta. Mi-am adus aminte de o vorbă cel puțin haioasă: Niciodată să nu îți complici existența cu cineva care are mai multe probleme decât tine! Dar, în fond, cine nu are probleme? Cred că singura problemă este atunci când crezi că nu ai probleme!

La final de zi, orice femeie, complicată sau nu, este misterioasă. Un mister pe care nu îl poți elucida, probabil, niciodată. Poate că nici nu mai contează, atâta timp cât iubirea are mereu ultimul cuvânt!

Atât de simplă e vocea ei!

Atât de frumos e chipul ei pictat în oglindă.

Nu poți să nu adori femeia ce se privește în oglindă. La început, în cea exterioară. Un dialog șoptit pe care îl poți auzi atunci când tragi cu urechea inimii. Apoi în cea interioară. Un pelerinaj misterios al gândurilor răscolite atent și fără zgomot. Nu poți să nu adori femeia care se machiază. În aceeași oglindă și cu aceeași finețe a mișcărilor ce ating un chip însiropat de privirea bărbatului de lângă ea. Când ochii ei prind ușor contur sub încercarea creionului ce gâdilă sprâncenele.

Pomeții ei se luminează în așteptarea unui fard perfect al clipei. Buzele deja moi încep să strălucească în umbra fără de culoare a unui gloss transparent. Secretul senzualității ei nu stă în parfumul care te invită s-o miroși. Iar cel mai îndrăgit ruj al momentului nu este cel de pe buzele ei, ci zâmbetul atât de sincer pe care a învățat să-l poarte.

Atât afară cât și înăuntru.

Mai puțin ruj, mai multe zâmbete!

Cât despre bărbații ce admiră în secret femeia, mai puține vorbe, mai multe fapte!

În oglindă, cât și în afara ei...

De trei ori femeie. Ba chiar de patru, cinci sau de mai multe ori. Pentru că femeia trebuie mereu să se reinventeze pentru bărbatul din viața ei. Până și pentru bărbatul pasager care a uitat la a câta stație trebuie să coboare pentru a fi fericit. De trei ori femeie nu este îndeajuns? Prea bine! Ce ziceți atunci de femeia – bărbat? Un specimen tot mai întâlnit în secolul numit, paradoxal, viteză!

Femeia care varsă lacrimi în locul bărbatului, care merge la job și care spală, gătește, dansează, iubește, visează, repară și construiește... în timp ce el își face de două ori cruce când trece pe lângă biserica la două lungimi distanță de amanta lui. Curat iubire și curat femeie! E femeia poet și matematician. Dar un matematician prost care nu și-a făcut temele și calculul cum trebuie atunci când l-a ales pe „El”.

Un matematician corigent, care repetă greşeli și alegeri la fel de greșite. Acum stă și înghite, stă și plânge, se roagă și se izbește iremediabil de soarta nefericită, dar bine meritată.

Iar „el" o vrea fresh dimineața, la prânz și seara. Și în zilele de post, și în zilele cu soț și în cele fără. Cu precădere în weekend. În pauzele scurte de televizor și de somn.

Pentru că „el" merită tot ceea ce este mai bun chiar și atunci când stă cu o mână pe sticla de bere și cu cealaltă în pantaloni... sau în buzunar! Și de ce nu i-ar oferi femeia toate aceste lucruri? Și necondiționat... de orice înjurătură scoasă printre dinți, de orice sforăit intens și mult prea lung, de orice escapadă și vacanță printre vecini... Pardon! Vecine! Doar sunt și ele femei. Iar el e „bărbat". Știe ce vrea, cum, când și de unde să își ia... și cât? Cu nemiluita!

Tabloul perfect al cuplului modern. Am uitat să menționez. Fără prea mult sex, că dăunează. Pe termen lung!

Există vreun manual nescris în care este specificat că așa cum îți așterni, așa zaci și așa vei dormi? Dar nu prea ai cum. Pentru că nu poți dormi. E imposibil să dormi liniștit și împăcat cu tine. Și da... există acel manual. Începe cu un minim de bun simț și se termină cu fericire. Fericirea ta. Nu și a celor din jur. Cei din jur vor fi fericiți atunci când bifezi tu prima treaptă. Așadar, uită-i pe ceilalți și reîntoarce-te la tine! Și regăsește-te! Începe să te iubești! Mai mult și din ce în ce mai mult. Și vei cunoaște fericirea. Sau, cel puțin, vei gusta din ea.

De abia atunci poți spune 100 % femeie. Altfel, înțelegem procentul greșit.

Femeie înseamnă să știi să spui Nu.

Femeie înseamnă să ai curajul să întorci foaia. Sau chiar să o rupi.

Femeie înseamnă să știi să îți păstrezi rolul fără să îl pierzi.

Femeie înseamnă să înveți să iubești... dar să iubești pe cine trebuie!

Iar o femeie adevărată va alege întotdeauna un bărbat adevărat!

CUM ARATĂ O FEMEIE ADEVĂRATĂ?

Majoritatea bărbaților adevărați se miră că nu găsesc femeia perfectă. Bună la toate. La iubit, la pat, la gătit, la împachetat sau despachetat, la spălat și la crescut copii. Problema multor "bărbați adevărați" e realitatea care îi izbește frenetic peste față atunci când se trezesc lângă o astfel de femeie. Majoritatea nu își pot reveni din șoc. Unii fug de mănâncă pământul, iar alții înmărmuresc sub semnul tâmp al unei revelații crunte. Puțini își dau seama cât de „bărbați" sunt atunci când femeia de lângă ei le poate face pe toate. Și la propriu și la figurat. Mulți își dau seama ce au avut numai atunci când au pierdut. Atât femeia, cât și iubirea ei. De cealaltă parte, femeia adevărată ajunge să își cunoască propria valoare în preajma unui astfel de bărbat. Dacă e bună la iubit? Sigur. De cele mai multe ori, iubește mai mult. Bună la pat? Atunci când nu trebuie să mimeze fericirea pentru prostul care a uitat să o facă să se simtă așa. Bună la gătit? O face și pe asta cu dragoste. Uneori, pentru cine nu trebuie. Bună la împachetat? Deseori. Atunci când ți se umple paharul și dă pe dinafară. Bună și la despachetat. Cu un suflet mare. O minte și o inimă ce mai acordă șanse unui nou început. Chiar dacă, de multe ori, se zbate în același sfârșit, mascat de celălalt. Bună și la spălat? Atunci când singură își spală lacrimile. Bună la crescut copii? Unele mai cresc și copiii altora și tot nu e bine. Femeia adevărată e un câmp de luptă. Un câmp în care s-au jertfit trăiri, emoții, sentimente, speranțe, lacrimi și înghițitul în sec. E femeia care a obosit să paseze, să dea cu capul, să apere și să dribleze. Jocul autentic al iubirii presupune întotdeauna doi parteneri. Dar nu și atunci când bărbatul e mai mult arbitru. Femeia adevărată e un veritabil matematician. A învățat să-și facă calculele corect. Aritmetica iubirii e grea. Iar ea știe lucrul acesta. E femeia politician. Sătulă de atâtea minciuni servite în propaganda seducției. Este femeia-pictor. A învățat singură să își picteze tabloul vieții, combinând culorile sufletului într-un mod sublim. E femeia-poet. Ea știe că e cea mai simplă poezie. Important este să îi înțelegi versurile. E o femeie inteligentă. Știe când și pe cine să aleagă. Mai mulți neuroni, mai puțini hormoni. Femeia-martir. O femeie care a pierdut mult, dar care s-a ridicat de fiecare dată, câștigând războiul. În primul rând, războiul cu ea însăși. Femeia adevărată nu are 90/60/90. Nici nu trebuie. Sunt multe femei apropiate de tiparul acesta și prea departe de adevăr. Femeia adevărată nu e, neapărat, femeia ocupată cu iubirea celuilalt.

Cunosc multe femei adevărate, singure. Însă o femeie adevărată nu se va opri niciodată din a căuta bărbatul pe care să-l iubească și care să o poată iubi. Iar acest bărbat trebuie să fie unul adevărat. Al naibii de adevărat.

Nu toate femeile știu să umble pe tocuri...

La fel cum nu toți bărbații își păstrează pantofii curați. Nemurdăriți de traumele trecutului și ale orgoliului. Pantofii curați se lustruiesc asemenea amintirilor păstrate cu atâta dor și patimă în suflet. Asemenea timpului frumos dar apus. Asemenea unor trăiri și emoții mult prea intense pentru cel care le-a trăit.

Niște pantofi curați ar trebui să strălucească în lumina prezentului, departe de orice ancoră și balast al trecutului permanent invocat.

Nu toate femeile știu să umble pe tocuri. Unele sunt tocite de atâtea suspine și regrete zadarnice. Altele sunt înlocuite de norul și praful suferinței purtate în inimă. Unele femei au obosit să le mai poarte. Iar altele încă se chinuie. Cele mai multe au renunțat înainte de vreme și au uitat cât sunt de frumoase. Chiar și în picioarele goale. Cele mai frumoase femei sunt cele care sunt iubite. Și iubite bine. De cine trebuie. Indiferent că poartă sau nu tocuri. Preferabil ar fi să le poarte. Pentru că o femeie pe tocuri este sexy.

Dar o femeie pe tocuri este și mai sexy atunci când sub tocurile ei sunt sfărâmate fantomele trecutului, ale neîncrederii în sine și ale suferințelor.

În spatele unei femei puternice se află trecutul ei...

Fără doar și poate. Numai în felul acesta se poate bucura de imaginea ei în oglindă. Doar așa se poate îndrăgosti din nou de ea însăși și mai apoi de curtezanul ales cu atâta grijă și atenție. Ferită de orice rană nevindecată a unui trecut ce tremură în infinitul gol al ființei. Asemenea luminiței revelatoare de la capătul tunelului. Un tunel pe care l-a străbătut desculță și călcând apăsat pe cioburile timpului presărate anevoios în fața ei.

Femeia care se desprinde de trecut e ca pasărea Phoenix ce își dezleagă singură aripile regale și legate cu atâta migală de firele aurite și fine ale unei dureri invizibile și acute. O pasăre ce se remodelează maiestuos din cenușa ce o împresoară în talgerele ce răsună atât de cald și înălțător totodată. Femeia care „renunță" la trecut este învingătoarea timpului și stăpânul propriului suflet. Este cea care se reconstruiește bucățică cu bucățică și trăire cu trăire din negura pe care a acceptat-o până acum cu multă teamă.

Femeia care a învins teama se reconstituie blând în femeia care s-a învins pe sine, neoprită fiind în tot acest travaliu dur de inițiere. Este femeia care și-a adus aminte de propriul nume fără a-l rosti cu ecou în fața celui care o va iubi. Femeia care a reînceput să-și îndrăgească propriul trup sub ochii rotunzi și chipul zdrobit al inimii ce a încetat să strige. O minte împăcată și eliberată de fiori. O ființă atât de fragilă ce a cunoscut pacea și s-a împrietenit copilărește cu liniștea.

În spatele unei femei puternice se află trecutul ei, iar în fața ei, bărbatul ce o va ține de mână în viitor.

Există femei care au uitat cât de frumoase sunt. Femei care s-au lăsat pradă tuturor săgeților otrăvite și aruncate în dreptul inimilor chinuite de atâta dor și jale. Femei care au capitulat în fața „cuceritorului" de suflete și care s-au lăsat amăgite de imaginea lor știrbită în oglindă. O oglindă atât de murdară și de șireată încât au ajuns să se confunde cu imaginea lor văzută în treacăt. Acele femei care nu mai au curajul de a se uita în oglinda inimii, fiind acoperite ca o ceață densă de cea a minții.

Există femei care au uitat iubirea și cât de frumoasă este ea. Așa cum amnezicul uită de la mână până la gură, și asemenea actorului cuprins de emoție în fața publicului, căutându-și replicile ascunse în ființă. Femei cu chip de înger, dar care și-au tăiat singure aripile în drumul lor spintecat de amintiri. Femei cu suflet de foc, dar care și l-au înghețat în timp și fără martori. Femei care nu au înțeles că „Mă iubesc!" înainte de „Te iubesc!" e ordinea firească. Acele ființe care au căzut în golul minții, lăsându-și inima departe.

Femeia care a uitat cât este de frumoasă a uitat să fie ea. A uitat să fie femeie. Să fie bucurie, fericire și iubire. Femeia creatoare de frumos. Născătoare de căldură și un motor atât de puternic al vieții. Femeia care primește și care oferă înzecit. Care se lasă purtată de valul și de energia celorlalți și care înflorește zi de zi, necontenit. O femeie la fel ca toate celelalte. Dar o femeie care a reînvățat să se iubească și să creadă în ea.

Femeia care a uitat să fie frumoasă este femeia uitucă de Viață. Este cea care a uitat să trăiască prezentul pur și să se accepte. Femeia cu bucle sau cu părul drept, cu ochii albaștri sau căprui, mari sau mici, cu pielea fină și aromată, cu sânii atât de potriviți, cu buzele ei moi și calde. Femeia cu trecut, prezent și un viitor.

Nu există femei urâte. Există doar bărbați care au nevoie de ochelari!

Pentru că o Femeie nu trebuie să se uite în oglindă pentru a-și aduce aminte cât este de frumoasă. Ea trebuie doar să știe asta și... atât!

De astăzi, sunt frumoasă!

M-am hotărât să fiu frumoasă. Și dorită. Pentru că numai așa se poate simți o femeie frumoasă. Atunci când este iubită... și dorită!

De cine trebuie și cum trebuie. Pentru că poți fi dorită, dar nu și iubită.

M-am oprit din aceste gânduri care mă copleșesc. Eu sunt frumoasă și... atât! Iar dacă o femeie nu se lasă dorită atunci va păși în lumea ei superficială. Dar nu va păși. Va rămâne acolo. Nu vrea să fie dorită. De impostorii sentimentali care nu vor altceva decât o plimbare la ea sau la el și... atât.

Nu a știut și nu va ști niciodată să distingă între cel ce o dorește și cel ce o poftește. Pentru că este oarbă. O orbește lumina celorlalți. Dar alții o adoră. Așa cum este ea. Luminată de umbra lumii. Ea nu a reușit niciodată să treacă mai departe de oglinda lumii. Pentru că imaginea ei a fost mereu atât de adorabilă încât a uitat să fie adorată.

Nu vreau să fiu acea femeie. Vreau sa fiu Femeia. Femeia frumoasă. În primul rând pentru mine. Apoi pentru celălalt, dacă merită. Iar dacă merită... va trebui să lupte să mă aibă. Nu mă vând în niciun fel. Mă cucerești sau obosești. Nu există cale de mijloc și nici jumătăți de măsură.

De ce? Pentru că ziua cea mai importantă este azi! Iar de azi, m-am hotărât să fiu frumoasă!

CAPITOLUL II

PRIMA ÎNTÂLNIRE

ÎNAINTE DE A INTRA ÎN SUFLETUL CUIVA, DESCALȚĂ-TE ÎN PRAGUL INIMII...

Descalță-te de pantofii prăfuiți ai trecutului și șterge-te de preșul așternut în fața ta. Șterge-te încet și ușor, asemenea ritualului îndrăgostiților ce pășesc pentru prima oară, unul în lumea celuilalt. Șterge-ți lacrimile păstrate cu atâta grijă pe obrajii încinși de viață... și bate! Bate cu tremur și încet în ușa celuilalt. Bate cu dor, emoție și trăire! De trei ori! O dată pentru a-i mulțumi că te primește, a doua oară pentru promisiunea fericirii nerostite și împărtășite și ultima oară, pentru a fi simțit. Cu totul și necontenit. Pentru a-ți fi simțită prezența și iubirea neîngrădită de chipuri de lut ce au rânjit în fața și în spatele tău, atâta amar de vreme. Pentru a iubi și nu doar pentru a fi iubit. Înainte de a intra în sufletul celuilalt, încălzește-ți mâinile, armonizează-ți mintea și inima și... simte! În sufletul celuilalt nu intri decât atunci când ești pregătit. Pregătit să oferi, dar și să primești. Iubire. În sufletul celuilalt nu ai dreptul să intri decât atunci când ai făcut, tu însuți, pace cu al tău. Înainte de tot și de toate. Atunci când ai făcut curățenie. În gânduri, în voce și prezent. Pentru că un suflet murdar nu are ce căuta alături de unul curat. Altminteri vei fi părtaş la blasfemia simţurilor şi a fiinţei. Iar când ajungi să îl corupi pe cel de lângă tine, nu eşti decât un impostor de trup şi spirit. În sufletul celuilalt nu poţi intra cu forţa, ci doar atunci când eşti invitat. Pentru că cea mai frumoasă invitaţie la iubire este atunci când cineva îţi spune să te adăposteşti în inima sa.

PAŞII EI...

Nu poţi să nu o observi atunci când trece pe lângă tine fără să te privească în suflet. Sub pălăria şic pe care o poartă cu o nonşalanţă atât de provocatoare, se adăpostesc nişte ochi ascunşi, mici şi negri. Cu o privire caldă şi apăsătoare care te pătrunde în toate cămările inimii, răscolindu-te în toate formele dureroase şi dulci, nevinovat de dulci. Se mişcă atât de suav şi atent, de parcă ar căuta ceva. Ceva ascuns atât de bine, în inimă, încât e nevoie de timp. Dar ea nu mai are timp. De fiecare dată când o văd coborând, îi adulmec mirosul fin şi o urmăresc necontenit. Scările se modelează după gleznele ei de felină, iar coapsele se mişcă într-o unduire perfectă. E genul de femeie după care îţi întorci încet capul, îţi torsionezi bazinul şi rişti să o porţi în minte şi în inimă. Genul de femeie după care nu ți-ai permite să fluieri. E ca și cum te-ai jigni singur. O privești contemplativ, asemenea statuetelor obraznic de vii de pe renumitul bulevard Champs-Élysées, ce te privesc fără invidie și pur. Așa este și aerul ei. Are un suflu parizian și inabordabil de atrăgător. Nu am înțeles niciodată cum poate o femeie atât de diafană, elegantă și fină, să plimbe același cățel, zi de zi, săptămână de săptămână și an de an pe strada prăfuită și pietruită de poveștile oamenilor ce o străbat robotic în drumul lor spre viață. Dar poate că aceasta este și povestea ei. O poveste de iubire. O poveste fără titlu și fără nume. Asemenea ei. Nu am aflat niciodată numele ce-l poartă. Poate pentru că nu am fost niciodată atât de curajos să o întreb despre ea și despre mine. Despre noi. Pentru mine a fost, este și va rămâne, Doamna cu cățelul.

O poți vedea peste tot...

Într-atâtea stații de metrou și atâția ochi tulburați de vremuri. Ochi aruncați parcă în mijlocul celor mai furtunoase mișcări de inimi. Atâtea stații de metrou, însă doar una care găzduiește la un loc atâtea suflete rătăcite înainte de ultimul dans al vieții și al morții.

Atâția oameni care vin și pleacă și tot atâtea priviri rușinate care par să se intersecteze. Atâtea inimi care bat în tropotul după-amiezii și atâtea gânduri care vorbesc despre suferința fiecărui pasager de mult uitat. Oameni care așteaptă fericirea și iubirea precum așteaptă metroul la ore fixe.

Prea multe zâmbete false. Prea multe haine scumpe și prea mult parfum amețitor. Prea multe măști care ascund atâtea povești de trup și de suflet încât le poți auzi în fiecare dintre cei care îți întorc spatele în drumul lor grăbit spre viață.

Atâtea lacrimi cernute în interior și chipuri mult prea fericite în exterior. Mult prea multă liniște într-un loc atât de agitat de forfota de inimi zdrobite și tot atâtea povești de dragoste rănite și neuitate de cei care le poartă. Atâtea amintiri și atâtea vise și prea puține buze care să vorbească despre ele.

Zeci, sute și mii de iubiri împlinite sau nerostite. Iubiri ucise sau neștiute. Milioane de gânduri și de imagini răpuse instant de sunetul metalic al șinelor parcă sfârâind a grabă. Milioane de amintiri și de chipuri ce vin și pleacă, secundă de secundă, oră de oră și zi de zi într-o stație de metrou.

O stație de metrou ca un cufăr de sentimente. De emoții și de trăiri inscripționate parcă pe pereții murdari de graffiti.

Poți găsi iubirea într-o stație de metrou?

Cu siguranță, da!

Însă doar atunci când încetezi să o aștepți la ora exactă!

Am așteptat atât de mult, precum călătorii ce așteaptă o iubire pe un peron greșit. Așa cum un pasager al vieții așteaptă un metrou în care este Ea. Am așteptat zile și nopți. Zilele le-am dormit, iar nopțile le-am plâns. Un suflet ce nu se poate odihni în cele mai pătate ceasuri. Am așteptat atât de mult un vers ce nu mai poate naște o poezie. Un glas ce nu mai poate naște un ecou. Un metrou ce nu mai poposește în nicio stație. Așa cum pașii firavi și presărați cu grijă nu se mai pot preface într-un dans. Te-am așteptat pe tine, cu bune și cu rele. Dar întârzii de fiecare dată. De parcă aş fi trăit acelaşi vis în care două inimi nu se mai întâlnesc vreodată. Am aşteptat atât de mult să pot muşca, din nou, din tine. Să te frământ în brațele calde și moi, fără durere, dar parcă tot mai mult te-ndepărtai, în șoaptă. Te-am aşteptat prea mult la ore fixe, când ochii se holbau la două ace și parcă se simțeau împunși. Am aşteptat atât de mult, când înghețam de frig, dar și atunci când îmi era prea cald. De îmi erai o haină, te-aş fi purtat mereu. Ca pe o promisiune fără de sfârșit. Ca un sfârșit fără de început. Te-aş aştepta în continuare, dar numai dacă îmi promiți din nou...

AM VISAT CU TINE...

Azi-noapte, am visat cu tine...

Se făcea că eram pe o plajă pustie și ascultam vuietul și cântecul mării în orchestra valurilor dirijate din adâncuri, sau poate din înălțimi care-mi atingeau ușor tâmpla. Nisipul încins se acoperise de umezeala rece a nopții și vântul îmi aducea în zbor firele-i aurii și fine, amestecate cu stropi din valurile care mureau la buza mării.

Nu vedeam mai nimic, întunericul mării mă cuprindea cu miros de noapte sărată, de îmbrățișări calde, pierdute în valul care se întoarce în larg. Simfonia mării îmi pătrundea în nări și îmi gâdila auzul, stropii de apă mă spălau de mine și de timp, de dor și de noapte, de dureri duse de vapoare de speranțe naufragiate în volbura vremii. Apoi, încet, aproape imperceptibil, marea a început să prindă culoare spre orizont. Dâre de lumină albă, misterioasă se nășteau din apă, timide la început, îndrăznețe și din ce în ce mai colorate într-un dans roșu-auriu în care marea se lăsa îmbrățișată de cer. Am început să zăresc firele de nisip răscolite de clapele valurilor care se spărgeau ușor de mal și de mine.

Era un joc amețitor al luminii îndrăgostite care devenea din ce în ce mai albastră, argintiu de albastră. Limbile de foc ale orizontului se înălțau în culori tot mai aprinse, iar apa devenea ea însăși purpură arzândă a cerului. Atunci stropii de lumină ți-au conturat chipul deasupra mării și te-am văzut cum pluteai ireal de frumoasă peste valurile care mi te aduceau tot mai aproape. Părul tău desfăcut avea toate culorile lumii, iar ochii tăi de stele care se pregătesc de culcare mă invitau să plutesc cu tine pe ape, dincolo de mine, dincolo de gravitație și chiar dincolo de cer.

Se făcea că mă ridicai ușor deasupra valurilor, mă țineai de mână când pășeam peste aerul de sub tălpile noastre. Nu te-am întrebat cine ești pentru că știam deja, te cunoșteam de dinainte de a mă naște. Păreai ireală, ca Fata Morgana, născută din deșertul sufletului călătorului ostenit, care a încetat să mai caute iubirea, și totuși atât de reală, de parcă eram împreună de la începutul timpului.

Nu știu când un val de lumină m-a izbit în față și s-a spart de alveolele sufletului, chiar nu mai știu...

Când am deschis ochii, eram singur, pe aceeași plajă pustie. Valurile îmi șopteau însă că tu ești cu mine, chiar dacă nu te pot vedea, și într-o zi, când marea și dansul de foc al soarelui vor dori, mi te vor aduce la țărmul sufletului meu însetat de tine. Știam de acum că visul meu se va adeveri, că tu te vei naște din el, din pulberea stelelor, din lumina răsăritului și vei prinde contur din însuși valul înspumat al mării. Nu mai eram supărat pe valuri că sunt singur, nu mă mai supăra lumina dimineții care mă trezise, știam că într-o zi vei rămâne la țărmul iubirii.

M-am ridicat încet din nisipul auriu, te-am luat în gând de mână, te-am lăsat în apă să mă aștepți în același loc, când gândul și cuvântul meu te vor naște din nou.

Te-am iubit atunci și voi continua să te iubesc până când ne vom întâlni în ritmul lui Nichita:

„Tu erai frumoasă ca umbra unui gând
Între ape, numai tu erai pământ".

Și totuși, te cunosc de undeva...

Poate din cămările inimii luminate de zâmbetul tău ce nu se lasă pervertit de rău. Sau poate de pe străzile prăfuite de pașii ce au obosit să caute o iubire atât de pură și autentică. Te cunosc de undeva? Sau doar imaginea ta ce naște năluci o port în minte și în inimă așa cum tu ai învățat să mă porți în chipul cel mai fin și conturat de anii scurși cu grabă în nesimțirea veșniciei noastre. Te cunosc de undeva? Poate din rândurile așternute cu atâta iubire pe hârtia pătată cu grijă de cerneala neagră-albăstruie și vie. Sau poate din visele în care te caut atât de mult și te găsesc de atâtea ori... femeie!

Te cunosc de undeva? Din golurile umplute de fericirea împărtășită în doi și din stațiile ce adăpostesc atâția oameni ce așteaptă-un autobuz numit: Iubire! Din drumurile bătătorite cu trudă și înmuiate în lacrimile transparente ale suferinței tămăduitoare. Poate din această viață sau dintr-o viață viitoare în care două inimi își rostesc pe veci credința!

Te cunosc de undeva? Atunci când trec pe lângă oamenii mirați de măștile trecutului și când respir aerul curat de cald în absența unui „Tu" atât de drag! Așa cum păsările se cunosc cu cerurile și vorbesc aceeași limbă de demult. Asemenea sufletelor pereche ce trăiesc aici și se întâlnesc din nou în veșnicie.

Te cunosc de undeva... Pentru că doar așa am ajuns să mă cunosc pe mine!

IUBESC LA NEBUNIE CAFELELE CU TINE...

Două cafele, te rog! Cu mult zahăr! Sau, mai bine zis, iubire! Două lingurițe de iubire! Și de speranță! Nu am putut niciodată să beau cafeaua fără zahăr. Așa cum nu am putut niciodată să trăiesc fără să pot iubi. Sau spera la o iubire așa cum fiecare dintre noi a visat. Și mai poți pune și lapte, însă doar puțin. Fără a pierde din gustul vieții mult prea dulci atunci când sunt cu tine și mult prea amare atunci când doar visez la chipul tău, știindu-te mult prea departe.

Și nu mă lăsa să o beau repede! Lasă-mă să o savurez, așa cum mintea și inima mea au învățat să te savureze pe tine. Așa cum doi îndrăgostiți amuțesc și se pierd în cele dintâi priviri, așa cum două suflete se ating plenar și cu grație, așa cum două inimi își revendică dreptul de a bate doar împreună. Precum unei mâini căreia îi este greu fără cealaltă, sau a unor ochi prea triști atunci când nu întâlnesc privirea Ta răsfățată de timp.

Trec orele pe nesimțite și uit de mine și de rolul pe care singur mi l-am însușit. M-am îndrăgostit de acest gust trecător și neiertător așa cum un violonist se îndrăgostește iremediabil de vioara lui. Așa cum un actor își iubește replicile și le trăiește nesimțit de intens și autentic, așa cum tu iubești așteptarea în care singur m-am lăsat pradă și... tremur!

Sunt dependent de acest gust. A încetat să fie amar. Contrar timpului ce nu mai trece. Sunt ca un nebun în căutarea ta. Dar nu îmi pasă. Nu îmi mai pasă că vorbesc singur și tac. Am învățat să iubesc. Să te iubesc. Și să mă iubesc. Să iubesc așteptarea. Să iubesc toate cuvintele stoarse de orice zbucium. Să iubesc clipele ucise înainte de vreme. Înainte de a te cunoaște.

Știi tu...

Iubesc la nebunie cafelele cu tine, deși nu am băut încă niciuna!

Pentru că cele mai bune cafele sunt cele savurate în doi. Cu sau fără zahăr. Cele mai frumoase invitații la cafea sunt cele ce continuă cu o a doua și se preschimbă într-o poveste. Savurată la fel de lung, privind aceiași ochi și petrecând aceleași emoții în toiul unei dimineți împărtășite. Cafea cu dragoste. Cu multă dragoste. Merg bine împreună. Așa cum două mâini se caută printre așternuturi. Cafeaua fără dragoste e precum diminețile fără el. Precum o pată ce își pierde din culoare. Un trup încins fără aromă. Un el ce a uitat să mai rămână. O ea ce și-a închis amarnic ochii. Cele mai bune cafele sunt cele ce miros a noi. De la amurg și până în răsăritul nostru. O terapie atât de lină a simțurilor. Când doi se uită în minte și în inimă, uitând de ceasuri ce au uitat să cânte. Cea mai bună cafea nu se termină niciodată. Nici nu ar putea. E un preludiu ce continuă și ține loc de bună dimineața. Urmat de încleștări de trupuri, de buze ce-și rostesc pe nume, de ochi ce se îmbie neîncetat, de brațe ce te strâng la piept, de respirația grea atunci când doi iubesc. Un început ce nu se mai transformă în sfârșit. O sinceră poveste de iubit. Nu există dimineți perfecte. Există numai dimineți petrecute împreună.

Inimă de gheață...

Inima unei femei ce s-a prefăcut într-un sloi de gheață. Sculptat atât de fin și migălos în baierele trecutului. Femeia care a suferit atât de mult încât nu se mai poate recunoaște în oglindă. Chipul ei zâmbește pe străzile aglomerate și ticsite cu alte chipuri ce zâmbesc înapoi. Trupul își ascunde atât de bine vânătăile simbolice cu care s-a obișnuit deja. Inima e frântă. În mii de bucăți și în zeci de povești cu același final, parcă invocat.

Un final trist și ipotecat într-un colț uitat de suflet. O datorie a inimii ce trebuie plătită înzecit. O dobândă a ființei pe care o așteaptă în serile în care-și plânge singurătatea. Femeia care a suferit enorm... plânge! Atât de mult]n interior. Lacrimile ei așteptă să fie șterse cu grija unui țesător ce leagă aproape perfect firele mătăsoase ce unesc două inimi în derivă.

Inima trebuie așezată la locul ei și cu atenție. Să nu cumva să pierzi frânturi din ea. Mintea ei trebuie mângâiată și alinată în jocuri dulci de seducție. Trupul ei plăpând trebuie îmbrățișat ori de cate ori o cere. Mâinile tale nu își găsesc locul decât în ale ei. Iar gândurile voastre se întrepătrund ușor iar mai apoi vulcanic, lăsând amprente în imaginație. Femeia care a suferit mult merită să fie fericită. Chiar dacă ea nu știe asta. Are dreptul să viseze din nou și poate chiar mai mult. Fără a fi trezită de coșmarul celui ce nu a știut să îi ofere... Totul!

Cum dezgheţi inima unei Femei? O topeşti. Fii tu focul ce o încălzeşte şi nu te lăsa stins de picături purtate în Ego!

Cum dezgheţi inima unei Femei?

O iubeşti!

Iubeşte-o!

În spatele pozelor în care zâmbeşte atât de fin. Ca un copil răsfăţat de vorbele mamei. Chiar şi în poza nouă pe care a postat-o pentru a-i vedea bucuria de pe chipul ei. Fără a şti că a fost făcută doar pentru tine. Unde sutele de like-uri se amestecă cu al tău. Unde zeci de comentarii apar, mai puţin... al tău. Până şi check-in-ul de ieri seară era tot pentru tine. Chiar dacă era înconjurată de atâtea chipuri şi atâtea braţe. Ei îi lipseau chipul tău şi mâinile ei... în ale tale. Ai ajuns să adori mai mult pozele decât s-o adori pe ea. Să o urmăreşti mai mult decât să o auzi. Să ţi-o imaginezi mai mult decât să o atingi. Să îmbrăţişezi iluzia unui trup decât să-l simţi. Vine primăvara, iar inima ei încă nu s-a încălzit.

Sun-o! Și spune-i! Chiar dacă vocea îți tremură mai mult decât mâinile.

Invit-o în oraș și mai apoi în sufletul tău!

CÂND UN BĂRBAT FRUMOS ÎNTÂLNEȘTE O FEMEIE FRUMOASĂ...

Am adorat întotdeauna oamenii frumoși. I-am adulmecat prin tuburile de oxigen ale minții și inimii și i-am savurat ca pe două prăjituri însiropate în scântei sufletești. Ca o brichetă pe care încerci să o aprinzi, jucându-te cu piatra dătătoare de foc și ținând-o ferm în mână. Sunt oameni care trec prin viață zâmbind și făcându-și loc cu blândețe printre măștile confecționate la foc continuu de protagoniștii acestora. Un furnal de emoții și trăiri ce clocotesc continuu sub ochii mirați ai celor care te salută cu chipul dar nu și cu inima. Când doi oameni frumoși și inteligenți se întâlnesc, universul zâmbește cald și un alt foc se aprinde instant, într-un alt loc și ferit de vântul aprig al unui ego purtat la piept ca o insignă. O insignă ce străpunge inima atunci când este aranjată și fixată în dreptul ei. Îmi place să cred că oamenii frumoși au renunțat la această insignă sau încearcă să o desprindă, cu finețe, de trupul și sufletul încercate de înțepăturile ei. Când doi oameni frumoși și inteligenți își unesc privirile, peisajele din jurul lor se estompează. Asemenea efectului de focalizare în care cei doi respiră în prim plan, în timp ce oamenii de lângă ei, mese scrijelite, scaunele încercate de aceiași oameni și luminile mai mult sau mai puțin colorate, intră subit într-un bine meritat fade out. Când doi oameni frumoși se întâlnesc, nu doar mințile și inimile lor se salută grațios, dar și trupurile pline de energie, ce dansează în taină pe același ritm. Două trupuri ce așteaptă să fie mângâiate încet, așa cum versurile unei poezii mângâie suav urechile celui ce își imaginează catrenul. Când doi oameni frumoși se întâlnesc, un el și o ea ce au învățat poezia inimii împreună, vibrațiile tremură-n ecou și gâdilă inocent cu undele lor dătătoare de fiori. Seducție și fum de țigară. Mult fum de țigară. Dar nu un fum pe care îl expiri în nasul curios al celuilalt, ci unul pe care îl presari în aerul ce îl înghite flămând și repede. Când un el și o ea se întâlnesc, cei doi fumează mult. Țigările se ard perfect iar timpul se consumă atât de iute, așa cum scrumul se adună în scrumiera împărțită la doi. Când el inspiră, ea expiră pentru a nu se invada violent și reciproc de gândurile ce își fac loc printre sinapsele scurtcircuitate în dorință. Când el și ea se întâlnesc, ei s-au sedus deja, înainte de a-și spune un dulce la revedere și înaintea unui sărut ce îl așteaptă pe al doilea. Pentru că așa fac oamenii frumoși. Fumează mult și iubesc și mai mult. Iar cei care nu au fumat deloc ori s-au lăsat, să nu se lase de iubit!

Toți am visat sau continuăm să visăm la prima întâlnire. Pentru unii dintre noi a fost și ultima. Iar pentru alții, întâlnirea vieții. A două suflete ce s-au căutat în mulțimea nebună ce respiră atât de greoi și tremură. Prima întâlnire e un voiaj. E ca și cum te-ai pregăti pentru excursia vieții tale. Unii o văd ca o plimbare relaxantă pe faleză. Alții ca pe un urcuș plin de surprize până în vârful unui munte necunoscut.

Unii își fac „bagajul" dinainte, iar alții îl poartă anevoios pe cel al trecutului. Prima întâlnire e fascinantă. Sublimă. Doi oameni care nu s-au văzut niciodată față către față. Două buze ce nu s-au mișcat niciodată una înspre cealaltă. Doi ochi ce nu s-au privit, poate, decât în poze. Două trupuri ce nu au clocotit niciodată atât de frenetic sub energiile spintecător de divine ale protagoniștilor.

Prima întâlnire e ca o prăjitură. Unii o savurează plenar și fără întrerupere. Alții se satură de ea înainte de a o termina. Unora le place cu mai mult zahăr, iar altora le este îndeajuns o singură aromă exotică și sinceră. Prima întâlnire e un început. E ca o bluză nouă. Transparent de fină și de parfumată. Sau, cel puțin, așa ar trebui să fie. O bluză ce îți lasă descoperiți umerii. Dar și gâtul. O bluză pe care ai purta-o doar pentru cel ales.

Prima întâlnire e un miracol. Chiar dacă mulți nu o văd așa. E un miracol printre oameni. Când doi străini își spun pe nume. Când două minți se alintă-n cor. Când două inimi bat la unison. Atât de repede de simți că mori. Prima întâlnire nu ar trebui să fie și ultima. Altminteri, cum aș putea să te descopăr din nou? Prima întâlnire ar trebui să fie și ultima. Dar ultima primă întâlnire.

Dar poate, nu ne potrivim...

Cum am putea să ne potrivim? Când tu te machiezi în clipele furate pe ascuns de privirea mea? Când eu te strig iar tu îmi răspunzi în șoaptă? Cum am putea să ne potrivim simțurile în cele mai perfecte ceasuri adorate? Eu dimineața, iar tu seara târziu. Eu râzând la fiecare cuvânt rostit de tine, iar tu plângând a fericire. Eu brutal, iar tu atât de fin și fără de silabe.

Cum am putea să ne potrivim trupurile nevinovate când eu te ating, iar tu mă absorbi? Noi nu ne potrivim. Tu soare, eu nori și vânt. Eu ieri și mai demult, iar tu azi și pentru totdeauna. Cum să potrivim talgerele inimii când mie-mi răsună în ecou, iar ție în sublim? Când eu sunt doar sfârșit, iar tu... cel mai inocent început. Când buzele mele uscate mișcă ușor în atingerea degetelor tale, iar buzele tale moi dansează neîntrerupt?

Cum am putea să potrivim părul meu scurt cu al tău, armonizat de lung? Pielea mea aspră de dor cu pielea ta fină și dulce? Când eu neliniște iar tu cea mai curată liniște. Când eu nu mă satur de somnul tău, adulând ochii închiși atunci când tu mă visezi, mișcându-i. Eu negru, iar tu alb.
Când eu bărbat, iar tu femeie!

E dragoste la prima vedere...

Nu cred că există cineva dintre noi care să nu fi simțit măcar o dată în viață o străfulgerare, o țintuire și o iluminare a ființei, o amuțire a cuvintelor sau o admirație copleșitoare, inexplicabilă, paralizantă – și înșiruirea emoțiilor ar putea continua – atunci când întâlnește o persoană pe care o simte, de la prima vedere, dincolo de intelect, sufletul-pereche. În fiecare limbă există cuvinte și expresii care vorbesc despre dragoste ca o alegere de sus, o Nuntă în cer, cum spunea Eliade. Francezii o numesc coup de foudre, o lovitură de fulger care poate să fie fatală sau poate să însemne o iluminare, poate să declanșeze o pasiune distrugătoare, sau poate să fie doar începutul unei mari iubiri, poate să dureze o zi, câteva luni, câțiva ani sau o viață.

Limba română spune despre cel pe care îl iubim că este alesul nostru, ceea ce poate să însemne deja o comparație, o alegere dintre mai mulți posibili parteneri. Totodată, se spune că cineva ți-a fost hărăzit de Sus, așa a fost să fie sau era cel sortit.

Atâtea și atâtea iubiri celebre din literatura lumii au început ca o dragoste la prima vedere și poate tot atâtea s-au copt domol, în timp, iubiri înflorite și încălzite de gesturi tandre, de mângâieri suave ale privirilor sau de atingeri „întâmplătoare" ale mâinilor, de cuvinte și de fapte revelatorii care tot acolo au condus, la acel coup de foudre, la iluminarea ființei prin dragoste și, să recunoaștem, de câte ori nu alegem în viață influențați de propriile limite, de ceilalți, de contexte sociologice, de vârstele iubirii, mai mult sau mai puțin mature la care ne aflăm sau de propriile coduri culturale în care ne mișcăm. Am cunoscut oameni în vârstă care mi-au spus: când am văzut-o, am știut că ea este aleasa, că alături de ea vreau să-mi petrec toată viața.

La fel, am cunoscut femei sau bărbați care mi-au spus: știi, nu l-am iubit (sau nu am iubit-o) de la început, cu timpul, însă, mi-am dat seama că nu pot să trăiesc fără el (sau ea). În general, se spune că dragostea la prima vedere nu ține, că ea se aprinde dintr-o dată, pârjolitor și că se stinge la fel de repede, ca un foc de paie. Dați-mi voie să nu fiu de acord cu așa ceva, așa cum nu sunt de acord cu niciun fel de „rețetar" al iubirii. Iubirea rămâne o taină, poate cea mai mare taină a universului și nimeni nu știe ceasul și clipa ei, în afară doar de Dumnezeu.

Tot El ne va lumina, ne va ajuta să ne transformăm simțirea în înțelegere, dintr-o dată, printr-o străfulgerare de moment sau după mult timp, în funcţie de felul în care suntem noi pregătiţi să o primim şi s-o păstrăm. Iubeşte! Nu te lăsa doar iubit!

Numai aşa îi vei putea auzi şoaptele...

Aţi auzit vreodată o femeie şoptind? Şoptind a iubire şi amor? O femeie din milioanele de femei ce strigă atât de tainic şi surd? O femeie care şopteşte iubire este femeia care se face auzită în cea mai gălăgioasă mulţime de femei ce îşi doresc a fi iubite. Aţi auzit vreodată o femeie ce şopteşte? Fie în versuri, fie în cântec sau în cele mai simple momente alese din prezentul ei? Femeia care şopteşte este asemenea melodiei cântate de viorile sufletului şi ale corzilor care se unduiesc în perfecţiune la atingerea lor fină.

Femeia care şopteşte este precum muza pentru care scrii atât de mult, pentru care respiri atât de repede şi pentru care mintea şi inima ajung să joace împreună în dansul iubirii. Femeia care şopteşte te poate „striga" din cele mai îndepărtate cotloane ale firii şi te poate dezmorţi asemenea degetelor vindecătoare ce mângâie uşor fiecare rană adâncă a trupului lovit de umbre.

Există atât de multe femei. Atât de multe femei care strigă în zadar să fie auzite. Dar iubirea nu trebuie strigată. O iubire strigată își pierde din esența și din misterul clipelor frământate cu atâta grabă în tropotul bătăilor de inimă. O iubire strigată este o iubire chinuită. Încătușată în lanțurile ruginite ale iluziei, ferită de orice urmă de emoție și târâtă în colțul cel mai întunecat al sufletului. Iubirea nu se strigă. Iubirea se șoptește. Se șoptește de la încet, la foarte încet, până ajungi să o simți în tăcere.

Pe femeia care șoptește o simți. Îi simți vibrația cuvintelor nerostite încă și tremurul nevinovat al glasului alintat aievea în silabele timpului, parcă oprit de voi.

O femeie care șoptește nu este pentru oricine. Nu orice bărbat o poate auzi. Pentru asta e necesar un antrenant al inimii și al minții, transpirația simțurilor și timpanul sufletului deschis dinăuntru înspre în afară.

Pe femeia care șoptește nu ai cum să nu o iubești...

Decât atunci când nu îți dorești să o auzi...

FEMEIA INTELIGENTĂ NU AȘTEAPTĂ...

Nu așteaptă același autobuz ce întârzie mereu. În aceeași stație bătătorită de pașii ce imprimă același ritm nebun al vieții. Nu așteaptă un tren ce nu mai poposește în gările promise și pustii. Nu așteaptă să fie sunată pe un număr deja uitat de celălalt. Pentru a auzi o voce ce a încetat să o mai strige în toiul bătăilor de inimă. O femeie inteligentă nu mai așteaptă vorbe dulci atunci când cele sărate sunt acum condimente.

Nu mai tresare inocent la ochii ce-o privesc atât de rece. Un cub de gheață transformat în zeci și sute de bucăți înainte ca ultimele gânduri să-l topească. Femeia inteligentă nu așteaptă o muzică pe care nu danseazā nimeni. Un vin pe care toți au încetat să-l savureze. O șoaptă amuțită în tăcere. Un bărbat ce a uitat s-o mai iubească.

Femeia inteligentă nu așteaptă. Sau s-a săturat să mai aștepte o iubire ce nu îi mai rostește numele...

Când o întâlnești,

Atinge-i mintea!

Nu-i recita din poezii alese decât atunci când ești sigur că nu vei uita versurile! N-o invita la film dacă nu ai de gând să îl urmărești până la sfârșit! N-o invita la tine dacă nu ai invitat-o să se adăpostească în sufletul tău, înainte de toate!

Ea își dorește să fie sedusă, însă nu oricum și nu de către oricine. Nu-i tot spune cât e de frumoasă! Ea a înțeles asta încă înainte de a te cunoaște! Joacă-te inocent cu mintea ei și lasă-ți amprenta asupra sinapselor ce strigă a voi. Mâna pe picior i-o poate pune oricine! Nu te juca cu promisiuni deșarte! Să le spui e ușor. Să le duci la bun sfârșit e mai greu. Fii tu! E mult mai simplu decât atunci când încerci să pozezi în altcineva. Mângâie-i inima și mai apoi obrajii! Numai în felul acesta îi poți simți febra. Oblojește-i gândurile, nu i le sugruma! De multe ori, are nevoie de asta. Dezbracă-i sufletul! Încet și cu ardoare. O ordine cât se poate de firească. Asemenea unui potpuriu ce îți încântă urechile.

Sedu-i mintea! Devoratori de trupuri există peste tot!

Există o vorbă simpatică foc care spune așa: „Femeile se îndrăgostesc de ceea ce aud, iar bărbații de ceea ce văd; de aceea femeile se machiază, iar bărbații mint".

Cred și eu că mint. Unii o fac cu nerușinare. Pentru că doar așa pot ajunge în patul femeii dorite. Cine începe cu o minciună va termina tot cu o minciună. Problema este că, de cele mai multe ori, mincinosul se minte pe el însuși. Iar o partidă reușită de sex se poate transforma ușor într-un fiasco.

Acum este adevărat că depinde și ce cauți în femeia pe care vrei să o cucerești. Dacă te interesează doar o partidă de sex și atât, cel mai bine ar fi să îi spui de la început acest lucru. Șansele de a fi refuzat cresc direct proporțional cu doza de sinceritate pe care o manifești. Dar e mai sănătos pe termen lung. Chiar dacă pe termen scurt ai pierdut o așa zisă „aventura nocturnă". Rămâi cu imaginația. Dacă o ai.

O femeie frumoasă trebuie să fie conștientă, de fiecare dată, că un bărbat își va dori să facă sex cu ea încă de la prima întâlnire. În același timp, un bărbat ar trebui să știe că orice femeie, indiferent că vorbim de niveluri diferite de IQ sau ocupație, va ști în secunda doi dacă și ea dorește sau nu.

O femeie inteligentă nu se cucerește cu mâna ta pe piciorul ei, ci mai degrabă cu mâna ta pe mintea și sufletul ei. O femeie care se respectă nu se cucerește, admirându-ți contemplativ, bicepșii lucrați la sală. Și nici etalând cheile de la mașina cu sigla în sus, pe masă. O femeie inteligentă se cucerește prin vorbe și se păstrează prin fapte. Dar nu orice vorbe și nu orice fapte.

Nu toți bărbații au tema făcută de acasă. Nici nu trebuie. Bărbatul trebuie să fie el însuși pentru a putea atinge inima celei de lângă el. Dar, în primul rând, trebuie să știe de la început ceea ce vrea și să își facă cunoscute intențiile. Se numește fair play. Exact ca la fotbal. Atunci când faultezi, primești cartonaș galben. Încă mai ai o șansă. Dar atunci când „faultezi" femeia de lângă tine prin stângăcia și abordarea lipsită de respect, fii pregătit să iei direct cartonaș roșu. Și să îți asumi, fără să te plângi la urmă.

Cea mai erogenă zonă a unei femei este mintea! Iar preludiul cel mai intens este atunci când îi dezbraci sufletul și îi atingi inima!
Preludiul are loc întotdeauna în afara dormitorului iar adevăratul punct „G" se află întotdeauna sus!

Și totuși, cât durează un preludiu?

Preludiul minții și al inimii. În niciun caz, cel al trupului. Ca să ajungi la trup trebuie să treci de suflet. Iar pentru a atinge sufletul, e musai să te plimbi prin minte și să cobori, ușor, în inimă. Mulți nu înțeleg că preludiul cel mai intens are loc în afara dormitorului. Senzațiile tari înseamnă mult mai mult decât o mână pe piciorul celuilalt. Duelul minții e ca un joc. Iar de acolo pleacă totul. Când mintea ta și a celuilalt fac dragoste înainte ca trupurile voastre să fie mirosite. Înainte de orice atingere pătată de gustul unui parfum dulce-acrișor și înainte ca privirile înfierbântate să se unească într-una singură. Preludiul cel mai intens e ca un joc atent de șah în care piesele celuilalt sunt studiate cu grijă sub ochii curioși ai unui prim contact. Așa cum pionii minții se întâlnesc la mijloc, cum nebunii din voi dansează în diagonală iar regele și regina sunt puși la loc de cinste. Așa trebuie să fie și întâlnirea gândurilor. Încoronată de prezența voastră acum, aici și mai târziu. Să te joci cu mintea celuilalt și să te lași jucat, e cel mai incitant refren al ființei. Să te simți mângâiat în inimă și să o mângâi și tu, la rândul tău, nu poate fi decât binecuvântarea îndrăgostiților care s-au întâlnit și nu mai vor să plece. Să lași amprente în sufletul celuilalt și să accepți același lucru, e tot ce și-ar putea dori... iubirea! Și totuși, cât durează un preludiu? Depinde de protagoniști. Pentru unii mai puțin iar pentru alții... infinit!

O fantezie infinită...

Imaginea pură a celui îndrăgostit mereu de același chip. A celui fascinat mereu de același trup și pedepsit atât de dulce în a-l atinge. Un cuceritor la foc continuu ce a înțeles că mintea și inima celei de lângă el trebuie mângâiate în etern. Cea mai frumoasă fantezie nu poate fi decât cu aceeași femeie. Atunci când astăzi e frumoasă, iar mâine strălucește. Precum somnul inundat mereu de alte vise dar scăldat întotdeauna în ochii ei. Ca o săptămână caldă în care schimbi, zi de zi, aceleași arome exotice, alintându-ți porii și gustând de fiecare dată o altă băutură. Un all-inclusive exclusiv și răsfățat. De la paharul cu rom, la cel cu tequilla. De la cupa fragilă de șampanie, la cristalul renumit și pătat de vinul demi sec azi, și mâine, dulce. Un cocktail de emoții ce umple bolul simțurilor rememorate în doi. Cea mai curată fantezie este mereu cu aceeași femeie. Asemenea flirtului inocent, pus pe repeat. Un vis de poveste ce se rescrie încet sub semnul lui și al ei. O melodie ce răsună în ecoul camerei, îmbibate de mirosul fin al parfumului ce se împacă atât de bine cu rujul. Iar când povestea se consumă încet și pare că se termină, nu o închei. O iei de la-nceput!

DIVA...

Pentru cei sau cele care nu știu la ce se referă termenul „divă": conform dexonline, o divă este o actriță de teatru sau de cinema celebră, o cântăreață recunoscută. O femeie-minune care frapează, o apariție. Chiar dacă termenul a căpătat un sens mai mult sau mai puțin peiorativ, ideea rămâne în picioare.

De cele mai multe ori, însă, femeile își uită rolul de divă atunci când vine vorba de sex. Asemenea bărbatului vânător, al bărbatului care cucerește, dar uită să păstreze, care seduce, dar uită să o mai facă și în continuare.

Există și femei din categoria asta. Femeile care își doresc să fie adulate pe stradă, la job, în taxi, la film, la cafenea, dar uită să fie admirate acasă. Unde și de cine trebuie. Femeile care petrec ore în șir din viața lor pentru a se aranja și a fi cât mai sexy înainte de a pleca de acasă, dar care nu ezită să se demachieze în secunda doi atunci când se întorc.

Bărbatul sincer te va iubi și dimineața, și la prânz și seara, chiar dacă te pui în pat în aceeași pijama cu ursuleți. Dar un bărbat te va iubi mai mult atunci când ursuleții se transformă într-o lenjerie cel puțin indecentă, o lenjerie pe care el și-o imaginează atunci când nu sunteți împreună, un parfum cel puțin dulce – înțepător, un machiaj și niște tocuri... bonus!

O femeie poate să facă aceste lucruri. Uneori. O femeie poate să îi stârnească imaginația bărbatului de lângă ea dar, mai mult decât atât, poate să și pună în practică această imaginație. O femeie știe să îi readucă aminte bărbatului cum și cât este de frumoasă. Și nu pentru că ea a încetat să mai fie frumoasă sau să se simtă așa, ci pentru ca bărbatul are nevoie, uneori, de toate aceste lucruri.

Dârele de parfum, fondul de ten, buzele conturate și sprâncenele finuț aranjate nu înseamnă nimic dacă nu pot fi admirate și de bărbatul vieții tale. Fusta scurtă, decolteul obraznic și părul împletit sau despletit nu înseamnă nimic dacă ele sunt admirate doar de către alții. Nu este o filosofie să fii seducătoare. Ține doar de atitudine și de ce anume scoți pe gură. Chiar și în pat. O femeie trebuie să fie atrăgătoare, în primul rând pentru ea și mai apoi pentru El. Nu pentru ceilalți.

Fii o Divă! Nu doar în afara ușii, ci și în spatele ei.

Să fii admirată de alții e frumos. Dar să fii admirată de el... E sublim!

FEMEIA ÎNDRĂGOSTITĂ...

Conform DSM-ului, îndrăgostirea este o boală. Cum îți dai seama că ești bolnav? Atunci când nu mai vrei să te vindeci. Cred că e singura boală pe care o suportăm, între două bătăi de inimă. O femeie îndrăgostită radiază. E ca un far ce luminează și cele mai întunecate poteci ale minții. Nu trebuie să meargă în zig-zag și nici să se împiedice. Atâta timp cât s-a împiedicat, deja, de pragul inimii tale. O femeie îndrăgostită îți vorbește mult. Nu s-ar mai opri. E precum un acumulator ce nu se golește niciodată de energie. Te învăluie în povești și te privește în ochi. Mereu în ochi. Cum faci o femeie îndrăgostită să tacă? Îi ocupi buzele. Cu ale tale. Unii s-au lăsat și de fumat așa. O femeie îndrăgostită este prezentă. Este aici și acum. Nu este nici în trecut și nici în viitorul neîntâmplat. Nu-și mai dorește să plece. Cele care vor să plece, nu sunt îndrăgostite, ci plictisite. E îndreptată complet înspre tine. Atât cu inima cât și cu trupul. E un tot ce te învăluie în cele mai vibrante senzații. E ca un roller coaster amețitor ce îți învârte stomacul pe dos. Ai mai vrea și a doua oară. Cu siguranță și a treia. E precum un taifun de trăiri și emoții ce te izbește lin. Femeia îndrăgostită este unică. Iar bărbatul de care este îndrăgostită o femeie, e un norocos. Cum îți dai seama dacă o femeie este îndrăgostită de tine? E simplu. Nu te mai uiți la buze. Nu ele râd. Te uiți în ochii ei. Atunci când, pur și simplu, îți râde cu ochii.

Te-ai îndrăgostit și tu...

Acum iubești. Cu toată ființa ta, cu toată suflarea și prin toți porii. Și continui să faci asta neîncetat. Nimeni nu a murit din așa ceva și nici nu a obosit. Atunci când obosești să iubești, te oprești. Și pleci. Sau pleacă celălalt. Mai devreme sau mai târziu. Nu există rețetă, manual sau schemă logică pentru starea ta. Te îndrăgostești, zâmbești, adori, iubești. Rinse and repeat. Nu îți întrebi prietenii, vecinii sau părinții. Faci ceea ce simți și lupți pentru ceea ce merită. Dar roagă-te să merite! Altfel ai încurcat-o.

Și cineva întotdeauna va ieși mai șifonat din acest joc al iubirii.

Îți tremură vocea? Ai piele de găină? Râzi ca prostul? Îți ard obrajii? Nu ai „stare"? Nu te poți concentra la nimic? Ești într-o continuă agitație psihică? Felicitări! Ești îndrăgostit! Lista continuă, atât pentru tine, cât și pentru cei din jurul tău.

Uită de algocalmin! Cele mai mari dureri de cap de abia acum încep. Pentru că nu e lucru ușor să iubești. Cine spune altceva nu a iubit. Deloc.

Cu iubirea nu-i de joacă. Iubirea acum o găsești și acum o pierzi. Dar ce poate fi mai frumos decât atunci când ești îndrăgostit? Chiar și pentru o fărâmă de clipă. Iar atunci când nu prețuiești iubirea e precum acel castel de nisip care a încetat să se topească în lumina soarelui că l-ai dărâmat tu, înainte de a-l construi.

Cu iubirea nu te joci decât dacă vrei să riști să o și pierzi. Iar atunci când ai pierdut jocul, ai pierdut și esența. Vrei să iubești? Atunci îndrăgostește-te! Vrei să rămâi continuu îndrăgostit? Atunci nu te opri din a iubi!

Pe cine trebuie și cum trebuie!

Țigara nu o pricepi. O fumezi. La fel și cu iubirea. O simți!

CU VORBE O CUCEREȘTI, CU FAPTE O PĂSTREZI!

Nu e sloganul celui care seduce și abandonează. Cucerește și păstrează sună mult mai bine. Nici a celor care suferă de o amnezie teribilă a simțurilor atunci când trec în grabă pe lângă femeia de care s-au îndrăgostit doar parțial. Nu e nici măcar un motto. E de actualitate și va fi mereu. Femeia se cucerește ușor. În puține cazuri. Se păstrează greu, în cele mai multe. Bărbații întotdeauna au înțeles că ei sunt cei care trebuie să cucerească și nu invers. Chiar dacă rolurile s-au inversat, cel puțin în cazul unora. Pe aceia îi numim băieți. Iar dacă unii încă mai cred că femeia se îndrăgostește de ceea ce aude, iar bărbatul de ceea ce vede, ar fi mirați să afle că femeia rămâne îndrăgostită de ceea ce vede... după! Un după ce nu mai are loc, din nefericire. Atunci când vorbele rămân în stadiul amorțit de... vorbe. Și atât! La fel cum mulți consideră că e de-ajuns o îmbrățișare și un sărut pe jumătate pasional înainte de a pleca de-acasă, pe jumătate îndrăgostiți. Pe femeie o seduci în prima zi și o recucerești toată viața. Numai în felul acesta o poți avea mereu aproape. În primul rând de inima ta și mai apoi de restul. Nu-i tot spune că o iubești! Arată-i! De vorbe ne-am plictisit toți! Dar mai ales... Ea!

Primele semne ale îndrăgostiților. El nu poate fără tine, iar tu nu poți fără el. Primele săruturi mai lungi decât ziua însăși și mai intense decât cea mai bună melodie ce a rămas în topul personal. Primele cuvinte și cele mai frumoase complimente pe care le poate primi o femeie. Cele dintâi atingeri și prima scânteie ce poate aprinde orice foc mocnit al inimii. Ea adoră ce aude, iar el savurează în tăcere ceea ce vede. Un drum la care se pleacă întotdeauna în doi. Ca un deja vu senin al sufletului. O primă iubire ce încearcă mereu să rămână și ultima. Aceleași cuvinte pe care le vei auzi și de la alții. La fel de multe promisiuni pe care le-au așternut și cei dinaintea lui. Atenție la alegeri.

Unii se însoară, iar alții se mărită! Sunt cei care îți fură umbrela atunci când plouă și cei care se transformă într-una, să nu fii udată. Bărbați care iubesc mult și bărbații care iubesc multe. Unii îți aduc flori, iar alții te tratează ca pe una. Sunt bărbați care îți spun cât ești de frumoasă și bărbați care te fac să te simți așa.

Pentru că un bărbat are întotdeauna cuvintele la el. Un bărbat care te iubește are și faptele!

Așa te lovește dragostea...

E singura „lovitură" din care nu mai vrei să te ridici. Un knock out perfect al minții și o străfulgerare de emoții ce inundă aproape instantaneu fiecare părticică nestudiată din inimă. Unii o numesc injecție letală. Atât de repede ajunge în sânge. Ți-l încălzește frenetic de repede și îți alintă venele. E o „lovitură" dată egoului și o alinare meritată a ființei.

La început o poți compara cu finețea mâinii unui prieten drag ce poposește ușor pe umărul tău. Un gest pur de îmbărbătare și o invitație directă la „a trăi". Mai apoi e precum gustul căutat al unui vin rosé ce răsfață fin papilele însiropate-n dulce. Dacă mergi mai departe, e ca și cum ai păși somnambulic pe marginea unei sfori ce-ți gâdilă inconștient de mut tălpile. Legat la ochi sau nu. Finalul e pozat în liniște. Asemenea atingerii blânde a unei mame ce îmbrățișează o jumătate întreagă și atât de perfectă.

Și totuși, dragostea nu lovește. Nici măcar simbolic. Ea mângâie ușor. Șoptește. Cheamă. Important este să îți dorești să o simți. Să o auzi și să îi accepți invitația!

Mai aproape de prezent, căci de trecut am fost mereu îmbrățișați. În forme și culori terestre. În mirosuri și senzații fine. Ademeniți cu toatăființa și încremeniți până-n tăcere. Mai aproape de prezent, căci în viitor nu poți decât să te transpui. Desculț sau îmbrăcat din cap până-n picioare. Ori singur, ori ținut de mână. Mai aproape de adevăr, căci în minciună am zăbovit destul. Cu aceleași jumătăți de buze arse. Șoptind aievea vorbe ce paralizează simțuri.

Mai aproape de zâmbete, căci tu și eu am plâns destul în valuri parcă smulse din ocean. Ca două picături de lacrimi ce ne pictează chipurile în secret. Mai aproape de iubire, căci de indiferență ne-am izbit asiduu, inimile. Lăsându-ne purtați de vântul timpului ce numără aceleași frunze căzute în ecoul anilor. Mai aproape de îngeri, căci demonii au obosit și ei. Îi vezi cum suflă greu și cu durere. Sătui de jocuri dulci și însiropate-n crema sufletului.

Mai aproape de tine, căci am petrecut deja prea mult... numai cu mine!

Așa m-ai cucerit...

Nu când ți-ai ales cuvintele cu grija unui scriitor și nici când mi-ai rostit din abecedarul seducției. M-ai cucerit nu atunci când mi-ai spus cât de minunat ne stă împreună. De parcă am fi două cămăși curate și atârnate pe umerașul firav al clipelor. Nu când buzele mele s-au întâlnit la mijloc cu ale tale, fredonând același zumzet nebun și copilăros.

Nu m-ai cucerit cu parfumul tău fin și nici cu ținuta elegantă și demnă de un covor roșu, pătat de mireasma îndrăgostiților. M-ai cucerit nu atunci când privirile noastre s-au intersectat în secunda prezentului împărtășit. Nu m-ai cucerit atunci când mă căutai în visul din care nu voiam să mă trezesc, așternând la poalele somnului tău dulce, indiciile ce mă dădeau de gol pentru a fi găsit. Nu m-ai cucerit nici cu prăjitura dulce și siropoasă din care am gustat amândoi atunci când dinții mei scrâșneau după ai tăi. O prăjitură ce nu ar avea niciun gust dacă nu aș împărți-o cu tine.

Nu m-a cucerit nici colecția ta de discuri de vinil așezată cu atâta migală pe suportul lăcuit din camera în care trupul tău l-a încălzit pe al meu. Nici atunci când dansam pe același ritm memorat în minte și în inimă. Nici mașina scumpă și elegantă pe care o conduci cu atâta calm prin mulțimea aglomerată și claxonând a neliniște.

Nu m-ai cucerit nici cu un „Te iubesc" pe care poate să mi-l spună oricine în șoaptă.

Însă m-ai cucerit atunci când cuvintele tale s-au transformat în fapte!

Am fost un prost...

Un prost atât de mare încât m-ai făcut să mă îndrăgostesc de tine la prima atingere de priviri.

M-ai făcut să mă predau în cele mai neașteptate momente ale sufletului și între două bătăi de inimă. O inimă sfârtecată de bolile timpului și de oameni fără chip și fără voce. Mă întreb cum de mai bate. Cum mai poate bate o inimă deja frântă? Doar în prezența ta și surescitată de blândețea trupului desfășurat în fața ochilor mei umflați de plânsul anotimpurilor deja apuse.

Am fost un prost atunci când te-am cunoscut. Pentru că atunci m-am cunoscut pe mine și nu am vrut să mai renunț la viață. Mi-am dat seama de sensurile întortocheate ale iubirii și m-am lăsat în voia ei. Fără voia mea. Am încercat să rezist asemenea victimei ce se chinuie să reziste biciului pe pielea-i arsă. Asemenea unui trup gol ce supraviețuiește în mijlocul iernii și asemenea îngerilor ce rezistă ispitelor iadului de pe pământ.

Dar nu am rezistat. M-am abandonat ție și m-am prefăcut în fumul dulce pe care poți să îl inspiri asemenea fumătorului înrăit ce nu se poate lăsa de viciul său. Pentru că în acel moment tu ai devenit viciul meu. Cel mai puternic sedativ al minții și cea mai clară voce din mulțimea ce mă strigă.

Am fost un prost când te-am luat de mână. Pentru ca mai apoi să nu îți mai pot da drumul. La fel cum un nebun merge de mână cu nebunia sa și inima cu ale ei suspine. Mi-ai arătat colțurile cele mai întunecate ale ființei mele și ai reușit să mă ridici la liman.

M-ai ferit de cele mai nebune patimi și m-ai îmbrățișat cu glas de femeie. M-ai rănit și m-ai vindecat tot tu. Iar mai apoi, ai aruncat pansamentul suferinței în abisul neiertător al subconștientului. Mi-ai arătat cum se iubește și cum poți să fii iubit. Cum se oferă, dar și cum se primește. Cum se plânge și cum se râde prostește de naivii din noi.

Am fost un prost când te-am luat. Însă dacă m-aș putea întoarce în timp, te-aș mai lua încă o dată!

La mine sau la tine...

Prefer la tine. E patul cald și aranjat. E cozy. Ca un fotoliu în care te cufunzi și nu mai vrei să te ridici. E singurul loc în care aș veni în vizită și n-aș mai vrea să plec. Prefer la tine. E răcoros și incitant. Ca o plimbare pe faleză. Când briza inimilor își face simțită prezența. Un vânt ușor ce stinge nisipul înfierbântat după amiezile trecute. Prefer la tine. E singura încăpere unde răsună mereu același glas. Aceeași melodie purtată inocent de acul unui pick-up vechi și bun. Atunci când două siluete se mișcă provocator, dansând în spatele geamului transparent. Și dacă ne văd vecinii, ce? N-au mai văzut doi oameni care se iubesc?

Prefer la tine. E cald atunci când nu e frig. E alb atunci când nu e negru. E liniștit atunci când nu e zbuciumat. E dragoste atunci când nu e ură. Prefer la tine. E cea mai pură invitație la iubire. Atunci când tu mă lași să intru. Promit să păstrez curățenia. Să mă descalț finuț atunci când pașii mei se pregătesc. Să mă dezbrac de tot ce-i rău. Să mă îmbrac la loc în tine. O haină ce-aș purta-o mereu. Indiferent de vremea de afară. Iar dacă plouă, mă va alina. Iar dacă ninge, mă va mângâia. Iar dacă-s nori, mă protejează. Iar dacă-i soare, mă încălzește.

Prefer la tine. În suflet, nu altundeva!

Când un bărbat iubește o femeie se simte, în sfârșit, bărbat...

Bărbăția nu o etalezi în nenumăratele jocuri de poker în care îți încerci norocul. S-ar putea ca mâna pe care o joci să fie la fel de proastă ca rolul pe care ți l-ai asumat cu greutate. Un bluff ironic al sorții și nimic mai mult. O cămașă apretată și asortată cu un costum de firmă și niște pantofi lustruiți cu migală nu te fac mai bărbat decât ai fost ieri. Poate doar mai îngrijit și mai atent. În primul rând cu tine. O mașină scumpă și cu mulți cai putere nu îți afirmă masculinitatea. Până la urmă, și cu o Dacie te poți plimba la fel de bine din punctul a în punctul b. Mai greu cu depășitul.

Dar ce te faci atunci când ești depășit tu de alții? În drumul tău spre împlinire. De acei bărbați care au înțeles că niște brațe puternice și lucrate nu înseamnă nimic atunci când nu îmbrățișează o femeie. De acel bărbat care a înțeles că o minte ageră și deschisă nu înseamnă prea mult atunci când nu e admirată de femeia de lângă el. Atunci când o inimă antrenată și vindecată nu poate fi împlinită decât alături de inima femeii ce a adăpostit-o în sufletul ei. Bărbatul ce a priceput că un trup parfumat este egal cu zero în fața unui suflet aromat și îmbietor. Un bărbat care a înțeles că degeaba ai cuvintele la tine dacă nu le poți transforma în fapte.

Adevăratul test de seducție nu are loc la prima întâlnire. El se petrece în fiecare zi, alături de femeia cu care împărtășești nu doar patul, ci și gânduri, emoții, trăiri. A fi puternic nu înseamnă să ridici greutăți la sală. Înseamnă să ții mintea femeii de lângă tine într-o mână, inima în cealaltă și să creezi un echilibru aproape perfect între ele. Bărbatul „modern" a devenit un Joker pe masa răvășită de atâtea roluri și măști ale vieții cotidiene. A devenit un mercenar desăvârșit în lupta continuă cu societatea și cu el însuși. Un război nevrotic de cucerire. O goană asiduă după funcții, putere, bani și recunoștință. Niște „masculi alfa" care au cucerit totul în jurul lor... mai puțin pe Ea!

CAPITOLUL III

IUBIND-O PE EA...

Începând ușor cu degetele de la picioarele dezghețate. Urcând mai apoi către coapsele moi și petrecute în trupul amorțit de șoaptele unei ierni aproape încheiate. Continuând cu bustul învelit în doi. Primăvara începe cu tine. Fie că ești mamă, soție, iubită sau toate la un loc. Pe mame nu le vom uita niciodată. E ca și cum ne-am uita pe noi în tropotul ființei. Mereu recunoscători unui chip angelic ce a trecut prin chinurile facerii primordiale. Soția o iubim și o contemplăm sub voalul adorat, în trecut, de chipuri bucuroase și senine. Iubitele se cuceresc în fiecare zi ca mai apoi să ne devină tot soții. Pășind împreună și fără grabă pe drumul bătătorit fin în promisiuni ce se adeveresc în timp.

Primăvara începe cu noi. Și nimeni nu-și dorește să se termine. Iar dacă ți-am cules o floare, să nu uiți că cea mai gingașă rămâi... tu! Ziua femeii e în fiecare zi, ceas sau clipă.

Atunci când cel mai frumos mărțișor nu e piatra ce o poartă-n piept, ci zâmbetul pe care-l poartă-n suflet.

Te-am conturat nespus de mult în inimă. În nopțile târzii în care nu puteam dormi, uitându-mă la ochii tăi închiși. Erai precum muza scriitorului ce te așterne în frânturi de gând și pe hârtie. Ca modelul unui pictor ce își topește penelul în culorile trupului tău. Pentru mine erai femeia frumoasă și iubită pe care o puteam visa atunci când adormeam cu tine în minte. Erai dorită. De mine și de alții. Adorată din creștetul capului și până în vârful degetelor de la picioarele tale fine și lungi. Te-am fotografiat de atâtea ori în ființă și te-am privit însetat ca pe un diafilm perfect al sufletului. Ți-am memorat fiecare linie imperfectă a trupului și am construit poduri peste el. Ți-am adăugat râuri de lacrimi pe pielea ta albă și caldă. Am scăldat fiecare parte din muntele pe care l-am desenat pe coapsele tale și m-am jucat cu formele corpului tău nevinovat de moale. Am șifonat cearșaful nostru atunci când te căutam în vis și nu puteam să te găsesc. Deși te-am văzut de atâtea ori în pragul reveriei mele. Am tresărit și eu atunci când pleoapele tale dansau fără să știe. Am râs și eu atunci când chipul tău râdea. Am plâns și eu când glasu-ți tremura. Am iubit și eu atunci când mă iubeai și nu puteam să mă opresc pentru nimic în lume. Ești perfect de imperfectă, dar ești a mea!

Ai îngeri în păr...

...și demoni în minte. Sunt cei care nu te lasă să te iubești în liniște. Sunt cei care îți domină inima și o strivesc atunci când vocea ta nu mai ajunge în sufletul celuilalt. Ai îngeri în păr și demoni în trup. Atunci când nu mai poți sta nemișcată la atingerea celui de lângă tine. Când îți dorești să pleci, să nu-l mai vezi. Să îl uiți printre picăturile de ploaie ce acum bat numai în geamul tău. Ca niște lacrimi ce rostesc durerea. Ai îngeri în păr. Atunci când îți descoperi frumusețea și lumina chipului. Atunci când buclele tale prind aripi, fără a fi nevoie de vântul aprig al sufletului pentru a le ondula. Ai îngeri în păr atunci când ieși pe stradă. Atunci când se uită toți la tine, fără a te putea atinge. Atunci când ceilalți își întorc capul să-ți prindă un zâmbet, dar uită să-și întoarcă inima. Ai îngeri în păr când dormi și atunci când te trezești. Sunt singurii ce te îmbrățișează acum.. Ai îngeri în păr atunci când reușești să îți descoperi frumusețea într-o ceașcă de cafea. În oglinda învechită de pe peretele aspru și care acum plânge după zâmbete. Ai îngeri în păr atunci când ieși pe ușă și când te întorci târziu acasă, obosită, dar la fel de frumoasă.

Ține-o de mână!

Sărut-o! Prețuiește-o și iubește-o! Altfel, te vei uita paralizat de pe margine cum altcineva îi va oferi toate aceste lucruri. Iar dacă te-ai trezit de dimineață fără să o îmbrățișezi, probabil că nu o meriți. Când telefonul e mult mai important decât ea, iar ochii tăi privesc în jos în loc să-i privească pe-ai ei. Când notificările de pe Facebook îți fac cu ochiul în loc să tresari mai mult la notificările din inima ei. Ea te întreabă și a încetat să mai aștepte un răspuns. O singurătate în doi pe care ați luat-o în brațe în loc să fiți unul în brațele celuilalt.

Tu ai uitat să îi mai spui cât este de frumoasă, iar ea a uitat să fie așa cu tine. Ea a uitat cât ați râs împreună, iar tu o privești cum plânge singură. Când o ții de mână, o faci doar pentru că ea îți cere lucrul acesta, iar cand îi spui că o iubești, vorbele tale răsună metalic și surd, fără a găsi drumul atât de bine știut înainte, spre inima ei. Când mergeți pe stradă împreună, tu îți întorci capul după altele, iar ea își întoarce inima în trecut. Amândoi vă îndreptați cu pași repezi și tociți spre același deznodământ crud al sufletului.

Două suflete tăiate în două ce au uitat să respire la unison, asfixiate de dorul unei iubiri promise. Două guri paralele ce nu își mai întâlnesc buzele. Singurul lucru ce lipsește sufletului e acea scânteie ce poate reaprinde două chipuri ce au uitat să se recunoască. Ca o brichetă pe care o ții în buzunar și care a aprins atâtea țigări fumate-n singurătate. Și totuși... Nu e târziu!

Ține-o de mână și nu-i da drumul! Altfel, o va ține altul!

Hainele sufletului...

De haine se poate dezbrăca oricine. Mai repede sau mai încet. Nici nu mai contează. De preferat mai încet. Pentru ca bărbatul din fața ta să îți poată savura prezența fină. Important este să fii îmbrăcată în "hainele potrivite". Voalul sincerității și al misterului. Bluza feminității și a femeii care știe când, cum și ce anume își dorește. Fusta potrivit de scurtă a dorinței și a nebuniei împlinite în doi. Pantofii cu toc ai prezentului pur și acceptat. Numai în felul acesta arta de a te dezbrăca în fața bărbatului care te dorește, este una sinceră și sublimă. În fața bărbatului iubit te dezbraci de trecut, de fantomele mute ale acestuia, care te-au oprit până acum să devii femeia dorită și mereu cu un pas în fața competiției. În fața bărbatului dorit, îmbrățișezi parfumul momentului, aici și acum. Îl savurezi și îl împrăștii prin porii deschiși ai trupului tău vindecat. Atunci când te dezbraci, o faci conștient și fără multe pauze. Doar pauzele binevenite ale celui care știe cât ești de frumoasă și care „profită" nevinovat de mirosul tău pentru a putea fi invadat de el. Un miros al femeii care știe să spună Nu atunci când mintea și inima îi sunt cotropite, dar și al femeii care șoptește un Da în fața celui care îi alintă sufletul. Continuă să te dezbraci! De formele înguste ale minții care sugrumă emoțiile și trăirile zilnice. De ochii închiși de prea mult amar de vreme și de trupul înghețat al nebuloasei în care ai fost prizonieră în tot acest timp. Femeia care știe să se dezbrace o va face lent și de sus în jos. Începând cu mintea, continuând cu inima și mai apoi cu trupul. Este femeia care nu sperie și nu îndepărtează. Dimpotrivă. Este femeia care apropie sufletele și le unește în secret. În fața bărbatului iubit, te dezbraci de prejudecăți și mai apoi de haine. Însă ca jocul îndrăgostiților să fie unul perfect și fair, e bine ca și bărbatul să fie dezbrăcat. Cu sufletul pur.

Nu cred că există bărbat pe această planetă care să comenteze în fața unei femei dezbrăcate. Poate doar misoginii. Dar nici măcar ei. În fața unei femei dezbrăcate nu mai ai timp de discuții sau critici. În fața unei femei dezbrăcate înmărmurești și te topești. Aproape instantaneu.

O femeie dezbrăcată este asemenea unei cărți de care te-ai îndrăgostit pe loc și ai început să guști ușor din rândurile așezate cu atâta iscusință în fața irisului injectat și care vrea mai mult și din ce în ce mai mult. Iar atunci când ai terminat de citit, o recitești. De câte ori simți. Fără a atinge un anumit punct critic al dorinței.

Femeia dezbrăcată nu este decât preludiul bărbatului care a biruit seducția și care a înfruntat furcile caudine ale cuceritorului. O femeie dezbrăcată este asemenea unei invitații diafane la iubire. Atunci când simți și recunoști aceste trăiri. Nu toți bărbații sunt în stare de așa ceva. Să dezbraci e ușor. Unele o fac singure și fără niciun motiv suficient de bun. Dar să dezbraci o femeie de gânduri, de suferință și de fantomele care îi bântuie mintea și inima este un dans greoi și o luptă la care se pleacă întotdeauna în doi.

O femeie dezbrăcată este sexy. Cel puțin, așa ar trebui să se simtă. Mai întâi în fața oglinzii și mai apoi în fața celui care merită să o vadă așa. O femeie dezbrăcată nu este un premiu și nici lozul câștigător al celui care a „jucat" și a „ghicit" numerele. Femeia dezbrăcată este un manual al iubirii și al dăruirii totale și necondiționate. Dar nu în fața bărbatului repetent, ci în fața celui care și-a făcut „temele" și a câștigat, într-un final, un loc în inima ei.

Oricine poate dezbrăca o femeie, iar o femeie se poate dezbrăca în fața oricui. Dar nu oricine o poate iubi! Nu oricum și nu oricând!

Dimineața, la prânz și seara...

Privind pe furiș la perna moale de mătase ce-l dezmiardă blând pe celălalt. La cearșafurile șifonate de voi și la primii ochi întredeschiși și mângâiați ușor de atingerea iubirii. O cafea ce se lasă așteptată și aroma irezistibilă ce dă târcoale obraznice și infinite îndrăgostiților. Un sărut urmat de-al doilea și două trupuri de copil ce mișcă împreună. Două chipuri ce se apropie și două guri ce își servesc tăcerea. Două dimineți la fel, urmate de o a treia în care două inimi bat liniștitor de cald și repede.

Știi că te-ai trezit lângă cine trebuie atunci când fiecare zi din săptămână îți pare un weekend. Atunci când mirosul lui îți acoperă nările cu finețea unui parfum păstrat în forme și culori. Atunci când diminețile îți par ritualuri, iar nopțile, un sfetnic bun. Știi că te-ai trezit lângă cine trebuie atunci când îl cauți pe el în visul tău și vă-ntâlniți aievea. Când vă uniți în tainic gând și în aceeași poveste nerostită. Atunci când „Te iubesc" ține locul celui mai șoptit „Bună dimineața"!

Dacă nu te caută, poate că nu te merită...

Pledoaria celui care așteaptă un semn din partea celuilalt. O liniște dinaintea unei furtuni ce întârzie să apară. O furtună ce a răvășit destule inimi și a împrăștiat prea multe emoții și trăiri în abisul unei dorințe neîmplinite. Să îl aștepți pe celălalt să te caute. Cu niște ochi curioși și sclipitori pe telefonul care nu mai sună, ascultând aceeași melodie pe repeat, în ecoul fumului și al țigărilor fumate doar pe jumătate. O așteptare ca o pedeapsă de nesuportat. În minte și în inimă.

Promisiunea unei voci ce a încetat să se audă, la finalul unei întâlniri neterminate. De ce-ul răzvrătit și personal atunci când toate numerele din agendă devin un el sau o ea din mulțimea de numere, acum neimportante. Iar dacă telefonul nu mai sună, ușa nu se mai deschide și ochii încep să plângă, finalul se transformă într-un nou început. Mai luminat și mai aproape de imaginația fiecăruia. Și dacă totuși nu te sună, poate ar trebui să suni tu. Uneori e suficient doar atât. Pentru că uneori e bine să te deschizi atunci când alții se închid. Să prinzi curaj atunci când alții l-au pierdut. Să vorbești atunci când ceilalți au început să tacă. Să te faci văzut atunci când mulți încearcă să se ascundă. În primul rând de ei. De multe ori, de negăsit.

Fii bărbatul unei singure femei!

Bărbatul unei singure femei este bărbatul liniștit. Atât în minte cât și în inimă. Nu poartă-ascuns rujul mult prea apăsat ce se așterne pe gulerul cămășii și nici mirosul parfumat al alteia. Singurul ruj pe care îl acceptă e cel al femeii ce îl completează. Nu face salturi gratuite printre prietenii cu care-și dă pasiențe, lăudându-se cu câte cuceriri a bifat pe listă. Dimpotrivă, singurul „salt amoros” e în sufletul femeii deja cucerite și iubite! El a învățat că în concedii nu se pleacă singur și nici mânat de alte gânduri.

Bărbatul unei singure femei e cel mai sincer poet atunci când singurele versuri rostite sunt cele ale muzei ce-l inspiră în timp ce aerul ce îl respiră e îmbibat de chipul ei. E „clientul fidel” al unei singure trăiri, așa cum fumătorul înrăit nu se desparte de țigările ce îl consumă. Bărbatul unei singure femei este bărbatul ce s-a oprit din alergat, „împiedicându-se” în pragul inimii celei alese. Știe că dragostea trece prin stomac, dar numai atunci când e cuprins de fluturii ce au învins cu detașare moliile!

Bărbatul unei singure femei are lângă el femeia unui singur bărbat.

Așadar, dacă o iubești, arată-i! Dacă nu, las-o să plece...

Pentru că nimeni nu poate sta „legat” de tine numai prin vorbe. Nimeni nu poate crede și spera în promisiuni atât de „sincere” și în cuvinte atât de alese cu grijă și cu trudă, o veșnicie.

Există mulți bărbați experți în arta cuvintelor pompoase. Desăvârșiți în a le spune. Cuvinte parcă scoase din cele mai fine cărți potrivite inimii. Cuvinte care mângâie până și cel mai înghețat suflet de femeie. Cuvinte care, spuse la momentul potrivit, pot înăbuși certuri, trăiri negative, supărări și pot înălța spirite. Desigur, toți avem nevoie de emulație intelectuală și, de ce nu, spirituală. Toți savurăm cuvinte și vorbe pregătite cu atâta iscusință. Dar cum rămâne cu faptele? Cum rămâne cu aceste cuvinte ce au uitat să mai fie transformate în acțiuni concrete?

Să umbli cu cioara vopsită o zi, o săptămână sau chiar o lună este atât de obositor. Eu nu i-am înțeles nicio-dată pe acei oameni care vând gogoși partenerilor ani de zile la rând, fără a obosi, măcar puțin. Îi consider niște actori teribil de buni și de „autentici". Atât de autentici în inautenticitatea lor încât până și cel mai pragmatic suflet ar cădea pradă și ar mușca din mărul discordiei și al promisiunilor deșarte.

Cele mai frumoase femei sunt cele care sunt iubite. Dar iubirea nu o poți ține în frâu. În niciun caz prin vorbe dulci și mascate. Iubirea necesită, înainte de toate, fapte. Iubirea înseamnă acțiune și nu o continuă contemplare tembelă a ființei de lângă tine pe care o aburești zilnic și o topești din cuvinte.

Iubirea înseamnă să promiți și să te ții de promisiune. Iubirea înseamnă să vorbești și să transformi ce ai vorbit în faptă. Iubirea înseamnă poezie, literatură, teatru și film. Dar nu un teatru fals și nici un film de comedie proastă. Iubirea înseamnă să spui, să crezi în ceea ce spui și mai apoi să înfăptuiești. Iubirea înseamnă fapte și nu doar vorbe. Altminteri, nu e iubire. E amăgire. Amăgirea ființei și a simțurilor. E o bătaie de joc sistematică și de prost gust în care riști să rănești suflete, să otrăvești inimi și să intoxici spirite.

Este, în primul rând, amăgirea propriei ființe. A celui care amăgește și continuă acest joc dureros al impostorului emoțional. Iar dacă de tine nu îți pasă, măcar ai grijă ca celălalt să fie protejat.

Dacă o iubești, arată-i! Dacă nu, las-o să plece! Iar dacă nu pleci tu, va pleca ea!

ANTRENAMENTUL INIMII...

Gândirea este sportul suprem. Din păcate, unii obosesc atât de repede. Cam așa e și cu iubirea. Unii obosesc chiar înainte de a se apuca... De iubit! Alții obosesc de la a doua sau a treia pedală, iar alții pedalează în gol, neînțelegând cum și cu ce se mănâncă fericirea. În primul rând fericirea lor. Mai apoi a altora.

Iubirea este un antrenament al inimii. Inima se cere curățată, deschisă și pregătită din timp pentru iubit. Inima nu o arunci în joc, oricui și orișicum! Atunci când faci asta, riști să o înstrăinezi. Riști să o pierzi și să te pierzi pe tine în tot acest joc orb al iubirii. Cine se joacă cu iubirea o poate face în două feluri. Fie trișează, și atunci nu mai poate gusta din adevărata fericire, fie se pregătește pentru un joc pur, un joc inteligent, fără câștigători și fără învinși. În iubire nu ai cum să pierzi. Decât atunci când încetezi să mai iubești sau să fii iubit.

Iubirea este un antrenament intens. Și nu trebuie să fii un sportiv de performanță ca să iubești fără a transpira. Înveți să oferi și să primești, în egală măsură... Iubire! Iubirea este o artă. Arta de a combina și a contopi culoarea inimii tale cu inima celuilalt. Asemenea pictorului izolat de răutatea cenușie și neagră din jurul lui și care combină culorile vieții cu atâta grijă. Mai întâi în suflet, iar mai apoi pe lemnul sau pânza impregnate de gânduri și emoții infinite.

Iubirea este un antrenament al simțurilor, al trăirilor, al emoțiilor și al sentimentelor împărtășite în doi. E un ulei ales care se prelinge și acoperă coapsele înfierbântate ale celor mai timizi protagoniști, copilăroși.

Iubirea e antrenamentul inimii dar și al minții. Al unei minți în echilibru și în armonie cu însăși inima pe care o ceartă atât de des.

Antrenați-vă inima! Mult și din ce în ce mai mult! Pentru că o inimă neantrenată zilnic va înceta să bată cu și pentru celălalt.

Cum ar fi ca două inimi să poată vorbi aceeași limbă în numele unei iubiri plăpânde, dar și împărtășite? Asemenea corzilor vocale ce sunt mângâiate atent sub semnul unui cântec atât de inocent și diafan al sufletului? Cum ar fi dacă fiecare dintre cei îndrăgostiți ar păși într-un atelier magic și rostit al dragostei?

Precum pânza țesută meticulos de mâinile fine și încercate ale țesătorului ce se pierde în detaliile cele mai scumpe ale inimii. Așa cum sticla se formează ușor și fără grabă sub topirea firelor de nisip și a calcarului pătat de semnele timpului. La fel cum romanul prinde contur și crește sub degetele tocite și grăbite de dor și de viață ale scriitorului ce nu a încetat o clipă să-și iubească arta. Asemenea tabloului neînrămat ce adulmecă culori cerești și se bucură de talentul meșterului ce dansează veșnic și sărută în amor portretele ce-i definesc trăirea.

Cum ar fi dacă iubirea ar prinde contur în atelierul sufletelor, îmbrățișată fiind de surâsul celor doi îndrăgostiți care visează! Care se visează neîncetat în nopțile tăcute ale aceluiași sărut etern! Cum ar fi dacă iubirea s-ar construi sub ochii noștri mari, deschiși în lumină și speranță, lângă adierea continuă și sublimă a sufletului geamăn în priviri?

Ce s-ar întâmpla dacă am sfida acele timpului și am îngropa orarul minții, invitându-i pe toţi să iubească? Şi nu doar între anumite ceasuri şi nici la ore fixe sau trecute. Pentru că la noi se iubeşte. Continuu, lung şi foarte intens.

Un atelier de iubire nu e suficient. Nu ar putea încăpea atâtea inimi frânte şi lovite. Dar eu cred că e posibil.

Pentru că iubirea nu ţine cont nici de nepăsarea spaţiului şi nici de promisiunile timpului. Nu se lasă înghesuită şi nici prăfuită sau amăgită. Ea se lasă descoperită, simţită şi trăită.

Atât în atelier, cât şi în afara lui.

„În aritmetica iubirii unu plus unu fac doi. Pe când unu plus zero va fi întotdeauna zero”. Pe cât de adevărat, pe atât de dureros. Să ştii că ai plecat la drum cu un partener care se împiedică la fiecare promisiune încălcată, nu e tocmai visul de tinereţe al nimănui.

Dar atunci când ajungi să guşti din fericire nu îţi vei mai întoarce capul.

Privirile voastre se vor uni în acelaşi punct suspendat în infinitul bătăilor de inimă. Glasul îndrăgostiților va începe să se facă tot mai auzit în mulțimea de strigăte nebune și delirante. Universul împărtășit va prinde culoare și va așterne în fața lui atâtea posibilități de a iubi și a fi iubit. Oamenii din jurul vostru vor paraliza și se vor topi precum statuile lucrate în lut ce se prefac în simple figurine.

Nu îi poți cere unui om mai mult decât îți poate oferi. Dar atunci când îți oferă totul, totul trebuie să i-l oferi înapoi. Dacă ai știința iubirii. Așa cum negustorii cinstiți își schimbă între ei lucrurile de valoare sau obiectele lucrate migălos în taina cămărilor încinse de trudă. Așa cum doi copii își schimbă între ei priviri și zâmbete sincere în mijlocul jocului ce i-a pătruns. Așa este și schimbul iubirii. Un schimb atât de pur și de fin, încât cei care îl practică să uite nemurirea și să se regăsească aievea... în celălalt!

Drumul iubirii se parcurge în doi. Fie că este ploaie sau vânt, tunet sau gând, soare sau lună, dragostea se parcurge în pași de dans. Atunci când doi îndrăgostiți dansează, totul în jurul lor se preschimbă în cele mai lucrate instrumente muzicale. Ritmul este același pentru amândoi. Respirația este antrenată și atinsă de vârful buzelor moi și dornice. Mâinile nu se despart niciodată, iar ochii sunt ațintiți spre amintirile ce vor să vie. Trupurile se unduiesc la unison, iar șoaptele sunt rostite pe rând. De la unul către celălalt, de la bărbat la femeie și de la femeie la bărbat.

În iubire veți râde și veți plânge. Dar veți plânge plânsul fericirii, eliberator și cald. În iubire veți iubi și veți fi iubiți. Asemenea zilelor iubite de oameni și a viselor iubite de somn. În iubire veți căuta răspunsuri și le veți găsi. În voi și în ceilalți. În iubire veți fi doar voi doi.

Pentru că unu plus unu fac doi.

Însă atunci când unu plus unu fac totul, iubirea e rotundă.

Într-o relație de cuplu au existat mereu un el și o ea. Un el care a oferit mai mult și a primit mai puțin... sau invers. Din nefericire, aceasta este realitatea cruntă și purul adevăr. Un adevăr din ce în ce mai camuflat de numeroasele măști pe care fiecare partener le poartă cu „grijă” și pe care uită să le dea jos atunci când ajunge acasă.

Se spune că cel care iubește „mai mult" este și cel mai fericit. Teoretic este posibil. Dar practic... Dureros de practic. Este o altă poveste. O poveste care se transformă într-un film de acțiune, prost regizat. Un film cu un super erou în rolul principal și „personajul negativ" sau „The Bad guy" în rolul secundar. Eroul care își deschide valvele inimii, își împrăștie sufletul și se aruncă în focul iubirii pentru cel care s-a auto-proclamat peste noapte, „sufletul pereche".

Eroul nostru este cel care le face și le îndură pe toate în numele unei iubiri imature. El nu este decât eroul căzut la datorie. Vrăjit și manipulat de promisiuni, vorbe frumos îmbrăcate și săruturi furate în pauzele de ceartă sau „amor".

Un martir care suferă în tăcere și înghite în sec fiecare pastilă otrăvitoare servită de partenerul iubit. În dragoste și război totul e permis. Inclusiv să te pierzi pe tine pentru celălalt. Important este să te regăsești mai repede și să renunți. Nu la tine, ci la o iubire toxică și la un partener novice în arta de a oferi dar un expert desăvârșit în a primi.

În iubire nu există eroi care se sacrifică necondiționat pentru binele celuilalt.

În cuplu există numai un el și o ea iar adevăratul erou este... Iubirea!

În iubire nu există locul doi...

Atunci când te pui pe locul doi, renunți la tine. Cineva care renunță la el nu poate duce o iubire. E ca și cum ai încerca să fii în două locuri deodată. Puțin probabil. În iubire nu există niciodată locul doi. În iubire există mereu locul întâi. Atât pentru tine cât și pentru sufletul tău pereche.

În jocul iubirii, bărbatul și femeia sunt la același nivel dar nici unul dintre ei nu are voie să își uite rolul. Iar dacă îl uită, să aibă grijă să nu îl și piardă. Pentru că relațiile se destramă atunci când bărbatul renunță la a mai fi bărbat, iar femeia renunță la a mai fi femeie.

În iubire nu există locul doi. Nu există unul mai bun și unul mai rău. Nu există unul mai slab și unul mai puternic. Chiar dacă, de cele mai multe ori, așa se întâmplă. Nu există unul mai frumos și unul mai urât. În iubire, amândoi partenerii stau în același jilț. Încoronați fiind de laurii sentimentelor curate, ai trăirilor intense și împărtășite și ai emoțiilor ce invadează, constant, fiecare părticică de inimă.

În iubire nu există învinși. Există doar învingători. Iubirea este o luptă, o luptă sublimă, o luptă ce depășește fațetele ego-unui, ale mândriei și ale mărginirii ignorante.

În iubire nu există sânge, nu există răni sau vânătăi și nici membre amputate. În iubire, singurul organ amputat este inima, atunci când aceasta pleacă de la locul ei și se mută în locul inimii persoanei iubite. E un schimb cât se poate de înălțător. Un schimb de inimi.

În iubire nu există lacrimi și nu există plâns. Doar plânsul fericirii dăruite necontenit. Nu există compromisuri sau jumătăți de măsură. Nici măcar măsuri. În iubire există totul sau... Nimic!

Iubirea nu e o competiție. Pentru că dacă ar fi așa, cineva ar pierde de fiecare dată. Deși se spune că cel care oferă și iubește mai mult este și cel mai fericit. Dar cu ce folos? Să fii iubit nu înseamnă nimic atunci când nu iubești, la rândul tău. Egoul va fi plin, însă Ființa ta va rămâne goală. În iubire nu există niciodată locul doi. Poate nici măcar locul întâi. Pentru că atunci... Nu mai e iubire!

Există doar voi... și iubirea. Atât!

În ritm de dans...

Sau, mai bine zis, îndrăgostire în ritm de rock. Când nebunia unui sublim început te cuprinde, atrăgându-l și pe celălalt în ringul de dans al minții și al inimii. Atunci când aceeași melodie răsună în glasul celor doi îndrăgostiți cuprinși de sunetele cântate în ecoul zilelor împărtășite. Unii se sperie. Atât de tare încât urcă înapoi în minte, își închid inima și încep să fugă. În primul rând, de ei înșiși. Alții pierd ritmul. Atunci când celălalt îl schimbă brusc. Unii nu ajung să termine dansul. Întrerupți fiind de zgomotele din exterior sau chiar din interior.

Pentru alții e o iubire în ritm de hip hop. Unul dă din cap iar celălalt îngână aceleași versuri ce nu se mai fac auzite. Pentru ei, toate melodiile îngânate sunt la fel. Același ritm, aceeași coregrafie și aceiași protagoniști ce au uitat să se mai țină de mână. Pentru că așa cum inima unuia se îndepărtează tot mai mult de inima celuilalt, tot așa și mâinile se mișcă în direcții diferite. Așa cum două trupuri nu ajung să se mai atingă, în același fel și ritmul lor se schimbă, amestecându-se haotic în gălăgia sufletelor. Se poate vorbi și despre iubirea ca un tango. Când două trupuri respiră la unison și se ating chiar și atunci când se îndepărtează.

Iubirea în ritm de vals. Când cei doi își spun aristocrat cât se iubesc. Când ritmul lui e ritmul ei și invers. Un ritm atât de liniștit. O armonie perfectă între cei doi. Partenerii perfecți de dans și de iubire.

Iubirea în ritm de blues. Dulce și protejată. Momentul în care capul ei se așază atât de firesc pe umărul lui. O imagine atât de diferită de cea a iubirii în ritm de operetă. Când vocea ei strigă mai tare decât cea a unei soprane iar el refuză să o audă.

Unii s-au obișnuit cu dansul lor iar alții experimentează noi și variate feluri de a iubi și de a fi iubiți. Iubirea are ritmul ei. Important este ca ritmul celor doi să se potrivească asemenea chimiei perfecte între mai multe elemente.

O chimie a doi oameni ce au învățat un ritm comun al fericirii și nu vor să-l mai piardă!

Aș dori să te invit la un dans al vieții
și al iubirii!
Spune-mi dacă accepți această provocare?

Regulile sunt foarte simple...

Tu și eu ne mișcăm suav, dulce și cutremurător, uneori tulburător, de multe ori pasional, după ritmul sufletului. Dacă eu te chem, vreau să vii, să mă cuprinzi în brațe. Dacă eu te strig, vreau să vii și să mă lași să pătrund în sufletul tău. Mă urmărești? Îmi simți vibrația? Căci eu îți simt suflarea, parfumul și blândețea, îți urmăresc privirea cu privirea mea...

În acest moment, îți propun un joc dureros de dulce. Mi-ar plăcea să mă asculți și să nu îmi vorbești. Mi-ar plăcea să te văd mirată. Probabil ai vrea să știi de ce nu poți să îmi spui cuvinte, iar eu ți-aș răspunde că nu e nevoie. Trebuie doar să știi că eu... Te simt! Iar acum, privește-mă, privește-te, uite-te în jurul tău și vei vedea că nu mai suntem doar noi doi... ci tu, eu și dragostea! Nu aș dori să îți rostesc cuvinte amare, cuvinte mari, nu aș vrea să îți spun ce aș putea să îți ofer. Doar cuvinte simple. Doar cuvinte fără conținut. Fără formă, fără fond. Fără speranțe, fără iluzii și miracolul de mâine. Darul meu pentru tine nu este decât clipa de acum, de pretutindeni, prezentul pur.

Ai vrea cumva să te oprești? Ascultă-ți inima... Ascultă-te pe tine și mișcă-te și mișcă-mă, privește-te, privește-mă. Deci... mă privești, te privesc. Totul e foarte simplu. Eu te atrag în dansul etern al vieții, tu mă atragi în cel al iubirii. Eu îți ofer, aici, acum, fiorul de a trăi, de a simți, de a iubi. Timpul? Nu te mai gândi la el. Căci nici el nu se mai gândește la tine... la noi! Sunteți contopiți! Suntem contopiți! Lasă-l. Uită-l. Ești mai puternică decât el. În continuare, cufundă-te în dansul amețitor de îmbietor.

Ai vrea să pleci? Ai vrea să mai rămân?

Dacă mă lași să rămân, mi-aș dori să umblu eu în tălpile tale atunci când degetele tale sunt tocite în amarul prafului de stradă. Mi-aş dori să îţi iau durerea de cap şi să o mut la mine. Dar nu în chirie, ci definitiv. Să nu-ţi mai facă niciodată vreo vizită neaşteptată. Mi-aş dori să simt eu durerea ta atunci când te loveşti de scaun, grăbită fiind să pleci la lucru. Să îmi fie mie sete atunci când apa nu-ţi mai poate atinge buzele şi foame atunci când chelnerul se lasă aşteptat. Mi-aş dori să plâng în locul tău atunci când dorul te sugrumă şi să îmi dai lacrimile la schimb. Ţi-aş oferi un zâmbet. Mi-aş dori să simt eu supărarea atunci când nu îţi vezi frumuseţea. Să simt eu frigul în locul tău atunci când vântul îţi şopteşte-n piele versuri şi căldura atunci când soarele te ceartă pe obraji. Mi-aş dori să fiu în locul tău atunci când inima şi mintea nu se-mpacă şi să-ţi îmbrac trupul atunci când hainele trecutului mustesc în vene. Mi-aş dori să port al tău nume atunci când alţii nu şi-l amintesc şi să-ţi fiu umbrelă atunci când ploi acide asupra ta se năpustesc.

Dacă aş putea să-ţi presar flori în inimă, aş face-o. Le-aş uda zi de zi, numai pentru a nu pierde din aroma fiinţei tale. Aş creşte trandafiri şi te-aş ruga să rupi spinii în care mă înţep de fiecare dată când mâinile mele vor să-ţi atingă sufletul. Dacă aş putea să mă îmbrac cu hainele tale, m-aş îmbrăca. Pentru a nu pierde mirosul pielii tale atunci când îți iei rămas bun, fără să-mi spui nimic. M-aș parfuma zi de zi și noapte de noapte cu bluza ta și mi-aș aminti de tine așa cum ochii tăi își amintesc buzele mele lipite de ale tale. Dacă aș putea să mă prefac într-o țigară, aș face-o. Te-aș lăsa să tragi din mine și să mă fumezi până mă transformi în scrum. Apoi m-ai împrăștia în golul bătăilor de inimă și ai râde de mine, cu vântul. Dacă aș putea să mă prefac în aer, ți-aș invada nările și gura și te-aș implora să mă inspiri. Iar mai apoi, să îți ții puțin respirația. Numai așa mă poți simți pe dinăuntru. Ca mai apoi să mă expiri printre gânduri și șoapte ferite. Dacă aș putea să mă transform într-o oglindă, te-aș lasă să te uiți la mine și să te vezi pe tine. Ți-aș urmări mișcările cu grijă și le-aș reda ca pe un diafilm de emoții și trăiri. Apoi te-aș privi cum ieși din camera ce miroase a noi. Dacă aș putea să mă prefac în cafea, ți-aș asculta vocea și te-aș ruga să mă savurezi încet și fără tremur. Nu aș avea nevoie de zahăr. Căci buzele tale ar fi suficiente. Dacă aș putea să te mai văd, măcar o dată, mi-aș suda buzele mele de ale tale, mâinile ți le-aș lua în dar, trupul tău l-aș lipi de al meu și nu ți-aș mai da drumul. Dacă aș putea să îți spun cât de mult te iubesc, aș spune-o.

Dar tu știi deja...

Așa că iartă-mă că te iubesc!

Iartă-mă că sunt un egoist. Fiindcă mă gândesc numai la tine. Că tresar la fiecare atingere așa cum frunzele tresar și tremură în adierea unui vânt prea blând. Iartă-mă că îți rostesc numele ca pe o poezie atât de potrivită inimii! Iartă-mă că ești mereu în mintea mea, făcându-ți loc prin toate sinapsele și tulburându-mi atât de frumos gândurile!

Iartă-mă că te țin de mână chiar și atunci când ne despart peisaje! Că te strig în toiul nopții așa cum bolnavul strigă după medicamentul lui. Iartă-mă că număr zilele și clipele atunci când nu ești lângă mine! Atunci când doar imaginația este cel mai de nădejde prieten. Iartă-mă că te caut în cele mai învolburate vise, asemenea unei insecte ce își caută salvarea din pânza fină de păianjen în care a fost prinsă.

Iartă-mă că sunt prizonierul tău și că ai reușit să mă faci să îmi predau armele orgoliului de fiecare dată când îmi zâmbești pe ascuns! Iartă-mă pentru lacrimile de bărbat ce mă năpădesc când uiți să te întorci. Când umerii tăi nu vor să se întoarcă înapoi. Iartă-mă pentru cuvintele reci pe care le înghit fără suflare atunci când încetezi să mă privești. Iartă-mă că nu pot trăi fără iubirea ta, așa cum păcătosul nu poate adormi împăcat fără iertare.

Iartă-mă că te iubesc!

Așa cum doar noi doi am învățat să iertăm...

Respiră-mă...

Curat și în iubire. Respiră-mă în diminețile ploioase de toamnă și în miros de ozon. În serile însemnate de stelele mult prea depărtate de ochii inimii. Respiră-mă adânc și încet. Profund și continuu. Respiră-mă așa cum eu am învățat să respir aerul tău dătător de viață. Respiră-mă în fiecare zi, săptămână și lună din anul nostru. Asemenea unui tub de oxigen infinit și transparent.

Respiră-mă prin pielea albă, prin porii mult prea deschiși și prin venele încălecate de atâta dor și chin. Respiră-mă cu porția dar nu te opri niciodată. Precum un pian ce singur a învățat să cânte în ecou. Precum o floare care a uitat să moară și o stea ce a uitat să cadă. Respiră-mă cu ochii închiși, cu brațele asupră-mi și cu gleznele arzând de mine.

Respiră-mă aici și acum dar și atunci. Așa cum nimeni nu a mai făcut-o în trecutul meu și-al tău. Respiră-mă cu dor și-n șoaptă. Să simt doar aerul tăcut și plin de viață. Respiră-mă încet dar repede.

În ritmul inimilor ce bat la unison și al sufletelor dezmorțite după atâta „singur". Respiră-mă când pleci grăbită dar nu uita să te întorci!

Respiră-mă și oprește-mi… timpul!

Sărută-mă să uit de mine…

De numele pe care-l port în șoaptă. Să uit de anii grei din spate și de nopțile pe care singur le-am dormit. Sărută-mă să uit de oameni, de zilele înlăcrimate și de gânduri ce se zbat continuu în minte. Sărută-mă să uit de ploaie, de frigul din suflet și de chipurile sculptate în trecutul mult prea greu. Să uit de abis, de negru și de praful ce se așterne pe ochii celor care strigă a durere.

Sărută-mă să uit tabla înmulțirii, să uit de hainele ce mă îmbracă, de pielea ce o simt încinsă și de țigările ce ard pe masă. Sărută-mă să uit de prietenii îndepărtați de timp și vreme, de măștile purtate în colțul inimii și de egoul ce striga mut... în mine!

Sărută-mă ieri, dar sărută-mă și azi și mâine. Să uit de lacrimi, de teamă și de moarte. Sărută-mă când mă iubești dar și când mă urăști. Când râzi ca un copil dar și când plângi sărat-amar. Sărută-mă să îmi uit locul, să mă evapor iar apoi să reapar. De bun rămas, dar niciodată de Adio!

Sărută-mă să uit de mine...

Și nu te opri!... pentru nimic în lume!

Dezbracă-mă încet...

De gânduri și emoții goale... De inhibiții și de temeri crunte. Dezbracă-mă de cămașa pe care o port numai atunci când sunt cu tine... De parfumul pe care îl port numai când îți simt respirația caldă asupră-mi. Dezbracă-mă de ziua de ieri și arată-mi cum simți ziua de azi.

De amintiri răvășite în dor și chemate aievea în prezentul pur și transparent. Dezbracă-mă încet de orice glas tăinuit în lipsa ta. De pantofii care mă strâng când pașii mei se confundă senin cu ai tăi. De hainele prăfuite cu grijă în lipsa celui mai râvnit suspin.

Dezbracă-mă de ziua de mâine și de viitor pentru că doar așa te pot simți aici și acum. Dezbracă-mă cu vârful unghiilor și cu buricul degetelor... De sus în jos și de jos în sus. De ani, de timpul amintirilor, de vremuri reci dar calde, de monștrii inimii și ai firii. Dezbracă-mă încet de ego și fă-l să strige în zadar, fără ecou. Atinge-mă în șoapte împrăștiate sub pielea fierbând a tine. Sub ochii închiși atunci când stăm lipiți unul de celălalt. Dezbracă-mă atât de fin și lung... Cum doar tu poți să o faci atunci când fiori îmi curg în valuri pe șira spinării.

Dezbracă-mă în întuneric pentru că doar așa îți pot vedea lumina sufletului și în liniște, pentru că doar așa îți pot auzi glasul inimii. Dezbracă-mă fără spectatori pentru că doar așa îți pot savura trupul învăluit în culori atât de calde.

Dezbracă-mă încet de nume și prenume. De locul în care necontenit te aștept așa cum îndrăgostiții așteaptă un „te iubesc" ce va să vină. Dezbracă-mă încet de tot ce mă cuprinde și lasă-mă atât de gol în spațiul meu ferit de ceasuri.

Dezbracă-mă încet... și simte!

Nu te mai parfuma în seara asta! Hai să ne trântim în patul nostru și să topim zăpada din cearșafuri. Lasă-mă să vorbesc cu coapsele tale! Numai eu le pot mângâia iar ele îmi răspund asemenea! Lasă-mă să îți iau rujul de pe buze! Să intru cu mâinile mele în părul tău și să îți simt carnea fierbând a mine! Hai să spargem oglinzile! Să nu ne mai uităm în ele! Să ne uităm, mai bine, unul în ochii celuilalt! Așa să adormim! Dar numai după două trupuri ce au obosit dar nu au încetat să se atingă.

Lasă-mă să-ți alint formele și să te urmăresc cu privirea în timp ce vocea ta mai strigă că mă vrea! Hai să bem vinul ce ne amețea mai rău ca o elice ce se învârte în golul dintre două suspine de aer rece! Lasă-mă să îți simt respirația atunci când unghiile tale se-nfig în porii ce mi s-au deschis și țipă! Să curgă apele pe noi ca două fluvii ce se țin de mână! Să pictăm pereții camerei cu urmele amprentelor noastre!

Oprește radioul! Căci nu mai vreau străini în ritmul nostru. Singura muzică de acum e șoapta ce-mi răsfață lung, timpanul. Și mișcă-te continuu să îți simt vibrația! Căci ceea ce-am simțit mereu cu tine, alții nu pot decât visa să li se-ntâmple.

Nu te mai parfuma în seara asta! În seara asta tu ești un parfum!

Aroma ta... un cântec printre surdo-muți.

ÎMPREUNĂ...

Știi că ești pe aceeași lungime de undă cu ea atunci când îți răspunde înainte să o întrebi. Când vorbiți fără întrerupere despre tot și toate. Vă pierdeți și vă regăsiți în aceeași secundă. Dacă ea îți spune că e fericită cu tine atunci totul e perfect. Dacă tu ești fericit cu ea atunci vă completați. Sunteți asemenea pieselor de puzzle care se unesc perfect. Două piese de suflet care au încetat să se mai caute și au învățat să se găsească. Două piese perfecte, întregi și inseparabile. Sunteți doi într-unul și niciodată altfel. Tu ești suflarea fără de care ea nu poate să își ia avânt iar ea e vibrația fără de care tu nu poți simți.

Nu puteți unul fără celălalt și nici nu ați avea cum. Vă șlefuiți reciproc asemenea diamantului fin, tăiat în sticlă. Atunci când unul inspiră, celălalt expiră. Când unul șoptește, celălalt ascultă iar când amândoi iubiți, lumile voastre se contopesc și se transformă. Lumea ta devine a ei iar lumea ei devine a ta. E un schimb de lumi.

Ați încetat să mai plângeți și ați început să zâmbiți ușor. Orele au uitat să mai fie numărate iar ceasul de pe mână e acum un accesoriu inutil. Decorul nici nu mai contează. E ca și cum v-ați decupa din tot acest tablou. Un tablou pictat în amintiri și lacrimi.

Tema tabloului este iubirea. Un tablou în care nu mai contează ce culori folosești. Atâta timp cât ajungi să cânți muzica ochiului și să poți simți ritmul inimii!

„Mi-aș dori să fiu pictată"... mi-ai șoptit...

Ține-mă în echilibru și nu îmi da drumul! Propteşte-mi coapsele în mâinile tale și joacă-te cu pielea mea! Adulmecă, miroase și inspiră! Rotește-mă ori de câte ori îți dorești să îmi vezi ochii mici dar nu mă lăsa niciodată să cad!

Amețește-mă asemenea unui carusel umplut cu zâmbete, amintiri dar și o disperare ce se înfruptă din înălțimile purtate în vântul ce îți taie răsuflarea. Îmbie-mă cu aroma ta și alintă-mă cu brațele lungi!

Răscolește tot ce e mai frumos dar și urât în mine și poartă-mă inconștient în cele mai îndepărtate gânduri! Dezlipește-mă de mine și lipește-mă la loc... De tine! Așa cum o piesă prăfuită și ștearsă de puzzle strigă după a ei pereche. Taie-mi aripile rigide și transparente și construiește-mi altele moi!

Împinge-mă pe cele mai interzise culmi dar trage-mă mereu înapoi! Înlocuiește-mi lăcașul sufletului cu al tău și picură-mi stropi de bucurie în inimă! Golește-mi mintea fulgerător și coboară în inima goală și presărată în tălpi.

Stinge-mă în zilele înfricoșătoare și lungi dar nu uita să mă aprinzi în nopțile scurte și nebune! Ține-mă în echilibrul perfect al minții și al inimii și potrivește-mi talgerele iubirii în ritmul nostru!

Pentru că echilibrul meu ești tu... Acum și întotdeauna!

Am nevoie de tine așa cum am nevoie de mine. Te respir așa cum respir aerul fără de care nu aș putea trăi. Am nevoie de tine în fiecare secundă și în fiecare minut. Așa cum un narcoman are nevoie de drogul lui. Sunt dependent de suflarea ta. De prezența și de alinarea ta. Mă regăsesc în fiecare mișcare pe care o faci, în fiecare gest și în fiecare vorbă pe care o spui. Am nevoie de tine când sunt fericit și când sunt trist. Când iubesc și când urăsc. Când râd și când plâng. Când ești lângă mine și când te îndepărtezi.

Am nevoie de tine, așa cum oamenii au nevoie de îngeri. Așa cum copilul are nevoie de mama lui și tu de iubirea mea. Așa cum ochii au nevoie de lumină, cum soarele are nevoie de lună și cum ziua are nevoie de noapte.

Am nevoie de tine atunci când îmi șoptești că mă iubești și atunci când mă cerți. Când îți adulmec parfumul sau mirosul pielii. Când îmi vorbești sau când îmi taci.

Am nevoie de tine precum marea de nisipul ei. Așa cum ziua de ieri are nevoie de ziua de azi și ziua de azi are nevoie de cea de mâine. Așa cum nopțile de război au nevoie de zile de dragoste. Așa cum orele au nevoie de minute și minutele de secunde.

Așa cum iarna are nevoie de zăpadă și vara de culoare și miros. Precum mâinile au nevoie de alte mâini. Și buzele mele de ale tale.

Am nevoie de tine... pentru totdeauna!

Pentru că totdeauna nu se termină niciodată!

Hai să îmbătrânim împreună!

Să lăsăm timpul să își așeze limbile ceasurilor peste poalele noastre moi! Să ne ținem de mână ca doi copii ce râd a fericire și să ne sărutăm asemenea tinerilor înfierbântați de amorul vremurilor! Să ne îmbrățișăm precum adulții ce au îmbrățișat viața în clipele ei cele mai pure și să povestim povești fără de sfârșit ca doi bătrâni ce-au petrecut în toiul inimii!

Hai să îmbătrânim împreună în secret și în iubire! Așa cum stelele îmbătrânesc și mor în splendoarea strălucirii ce dăinuie peste apusuri. Hai să îmbătrânim împreună în momentele de liniște dar și în cele de zbucium! Să lăsăm sufletele noastre să danseze un ultim dans al minții și al inimii!

Hai să îmbătrânim luni dar să iubim și marți ca mai apoi miercurea să continue cu vocea caldă a zilei de joi așa cum vineri ne ajunge din urmă pentru a savura ziua de sâmbătă și a dormi sub aceeași plapumă, îmbrățișați, duminica.

Hai să îmbătrânim! Luni, ani și veacuri... împreună! Pentru că atunci când lunile îți par prea lungi iar anii mult prea grei, noi doi ne vom stinge de mână în veacurile trupurilor fără de suflu.

Hai să îmbătrânim împreună și nu separat! Pentru că împreună nu se termină niciodată așa cum totdeauna sună cel mai bine!

De la răsăritul primului zâmbet și până la apusul timpurilor. Desculță sau încălțată cu fiorii celui mai pur și cald suspin. De la malul înspumat și până în largul mării dezlănțuite. Începând cu primele ore ale dimineților liniștite și terminând cu nopțile agitate în amor. Din realitatea apăsătoare și crudă și până în visul în care te rogi să o găsești de fiecare dată. De la prima ceartă nevinovată și până la prima îmbrățișare așteptată. Pentru că o femeie se iubește în șoaptă dar și în cuvinte mai mult sau mai puțin alese. În scris, negru pe alb, sau în cântece pline de culoarea vocilor îndrăgostite. O femeie se iubește în pași de tango dar și în pași de vals. În ritm de romanță sau în ritmul venelor ce pulsează atent sub pielea Ei.

O femeie se iubește pentru ceea ce este ea și pentru ceea ce ești tu atunci când ești cu ea. Se iubește fără întrebări ce așteaptă un răspuns și fără răspunsuri ce nasc întrebări. Se iubește atât pe mare cât și pe uscat, atât afară cât și înăuntru, atât de liniștit dar și nebunește. Se iubește atât în patul ce miroase a voi cât și pe străzile bătătorite de pași mărunți.

Femeia nu se iubeşte cu pauze, întreruperi sau cu regrete. Femeia se iubește continuu și plenar. Se iubește în zilele cu soare cald dar și în zilele ploioase și cu miros de ozon. În zilele întunecate și în cele luminate de viață. Se iubește în cuvinte și în fapte. Se iubește ieri, azi și întotdeauna.

Doar atunci vei înțelege de ce ai atât de mare nevoie de ea în viața ta.

Te iubesc frumos!

Cum ar fi dacă am înlocui, măcar pentru o zi sau pentru o clipă expresia „Te rog frumos" cu „Te iubesc frumos!"? Pentru o frântură de gând să îi spui celui de lângă tine aceste cuvinte pline de tu și el. Pline de trupurile voastre îmbrățișate atunci când toți ceilalți își îndepărtează mâinile, pline de glasul vostru tandru atunci când toți ceilalți se pierd tăcuți în propriile umbre.

Te iubesc frumos să mă lași în sufletul și inima ta! Promit să le ocrotesc așa cum o mamă își ocrotește pruncul nou născut la sânul ei de femeie.

Te iubesc frumos să mă ierți pentru toate clipele aruncate în focul ignoranței atunci când am fost prea slab să fac ceea ce simt!

Te iubesc frumos să mă asculți atunci când îți șoptesc cât te iubesc și să mă citești atunci când găsesc bucăți din tine în fiecare rând pe care îl aștern în cartea noastră!

Te iubesc frumos să rămâi lângă trupul meu gol și tremurând a tine așa cum degetele tremură în umbra unui frig prea aspru!

Te iubesc frumos să îți închizi ochii și să îi lași mereu închiși doar pentru a-ți imagina atingerea ce a născut atâtea reacții în corpul meu de bărbat care iubește! Un trup de bărbat care iubește un trup de femeie și o inimă ce o îmbrățișează pe alta. Un suflet încins de cei mai puternici aburi proveniți din vulcanul de emoții și trăiri.

Te iubesc frumos să fii tu! Chiar și în cele mai întunecate zile, așa cum florile își păstrează culorile intacte la căpătâiul nopților albastru de negre iar frunzele pictate în agonia vântului păstrează viața în membrana celulelor infinit de multe.

Te iubesc frumos să citești aceste rânduri și să le ascunzi în minte! Să le recitești și să le ascunzi în inimă dar niciodată departe de mine sau de noi!

Acum poți reveni și poți spune din nou „Te rog frumos!”.

Dar cât de divin sună „Te iubesc frumos!” ...

Știu că mă iubește...

...atunci când o simt că se bucură când ajung acasă, că se întristează atunci când plec. Știu că mă iubește când e îngrijorată de durerea mea de cap și nu mai spune nimic de a ei. Știu că mă iubește când fiecare zâmbet al ei îmi spune: Te iubesc!

E imposibil să trăiești fără să poți iubi. Așa cum o iubesc eu pe ea. Așa cum o ador în fiecare zi de dimineață, așa cum o mângâi cu ochii închiși peste obraji, așa cum îi trec mâinile prin părul moale, așa cum o trag înapoi în pat atunci când ea se ridică să plece. Nu poți să nu o iubești așa cum este ea, cu pielea ei albă și fină, cu gâtul ei dezgolit și cu buzele ei mult prea dulci. Închid ochii și îmi imaginez... Îmi imaginez cât de greu îmi va fi atunci când va pleca. Am memorat și rememorat acest episod de nenumărate ori la fel cum memorezi o poezie sau un colind într-o noapte frumoasă de iarnă.

Nu am cum să nu o iubesc atunci când tot ce vine de la ea mă face fericit. Mă face să îmi aduc aminte de copilărie, de prietenie, de fericire și de mine. Atunci când ea mă întregește, când tot universul ei se contopește cu al meu și când amândoi încercăm să prelungim această stare euforică.

Ea m-a făcut fericit. Și mă face fericit. Așa cum poate un bărbat să fie fericit. Un bărbat orgolios va avea întotdeauna „pretenții de la fericire". Va ști întotdeauna să verifice de două ori înainte de a porni pe acest drum... al fericirii! În schimb, ea a reușit să demonteze tot acest mit. A reușit să îmi topească toți ghețarii, să îmi dărâme toate zidurile și să mă facă să simt... din nou! Nu există sentiment mai plăcut decât atunci când simți! Când o simți. Când simți totul în jurul tău. Când ești orb la tot ce mișcă și când ești surd la tot ce trece pe lângă urechile tale. Pentru că ea ești tu. Iar tu ești ea.

Orice sărut al ei, orice cuvânt rostit în șoaptă, orice zâmbet așternut, orice atingere fină. Atunci când vă priviți în ochi, totul e tăcere. Dar nu e tăcerea aceea morbidă. Nu este acea tăcere care împietrește suflete. Este tăcerea complice a iubirii. A doi oameni care au așteptat unul după celălalt și apoi s-au găsit. Într-un final s-au găsit și nu mai vor să plece.

O mie de sentimente petrec în acest suflet și...

Plâng!

Dar te iubesc! Și știi de ce?

Pentru că eu te țin în brațe și atunci când nu ești lângă mine!

Închid ochii și te văd...

Te fumez dis de dimineață și te trag în piept fără să te simt. Închid ochii și te văd cum îmi pătrunzi prin toți porii și prin toate venele. Îți simt candoarea și te adulmec des. Din ce în ce mai des și lung. Ești ca o dâră de fum care a uitat să mai plece și sălășluiește deasupra sufletului. Te inspir la prânz și pe stomacul gol. Fără să îmi mai pese cât de mult am nevoie de tine și cât de mult ai început să mă consumi pe dinăuntru.

Ești ca un virus care îmi topește toți neuronii și îmi pușcă sinapsele. Ești precum un fir de nisip ce îmi pătrunde sub piele și își face loc asemenea șarpelui păcătos de dulce. Te simt cum îmi curgi prin vene și cum îmi dai, zi de zi și clipă de clipă, puterea de a continua un început atât de sublim.

Te consum seara, înainte de apusul clipelor, așa cum un narcoman își consumă prada sub ochii injectați și umflați de extaz și durere.

Te absorb asemenea vampirului nostalgic din visele pe care le-am împărtășit sub aceeași jumătate de lună. Îți simt vibrația și mă contopesc cu tine de fiecare dată când te lași dorită.

Ești parte din mine și sunt parte din tine. Sunt într-un sevraj continuu atunci când nu ești lângă mine și ard pe interior așa cum pielea ta fină arde la exterior.

Pentru că tu ești drogul meu cel mai puternic... Iubirea ta pentru mine... singurul antidot!

Ce caldă imagine! Bărbatul abandonat! Dar nu oricum, ci abandonat în mintea și inima femeii de lângă umărul lui. Un abandon căutat în primul rând de bărbații care s-au găsit. Pe ei înșiși iar mai apoi liniștea. Ați văzut vreodată un bărbat „abandonat"? E imaginea fără de preț a celui care își ucide fără de milă egoul și care își întoarce privirea înainte. Un bărbat invidiat de „concurența" de temut și dorit de partea opusă. Un concurent ce s-a clasat pe locul întâi în brațele femeii ce l-a ales. Un bărbat abandonat nu înseamnă un „el" leneș și nici greoi în drumul lui spre celălalt. Dimpotrivă, e tipul agil și teribil de atent atunci când vine vorba de propria-i fericire. Și mai atent atunci când fericirea celuilalt se contopește cu a lui. Să lași garda jos nu te face nici mai prost și nici mai vulnerabil. Nu și când vorbim despre iubire. Să lași armele deoparte și să te predai celui din fața ta e cel mai curajos act cu putință. Să te lași purtat de mrejele ființei și să cazi singur în „plasa" sufletului e o dovadă de curaj.

Bărbatul abandonat e bărbatul care iubește și este iubit. Bărbatul care se simte, în sfârșit, bărbat. Să fii abandonat nu e un lucru rău. Numai atunci simți că trăiești!

IUBIRE CONDIMENTATĂ...

Presărată cu toate mirodeniile exotice și arome așternute-n ființă. Ca un parfum divin de mir în care el poate deveni un mire iar ea, mireasa cea aleasă. Visul etern al celor îndrăgostiți mai întâi de ei înșiși și apoi de celălalt. O iubire condimentată cu promisiuni. Cu picături de miere scurse în zilele împărtășite în glas. Cu miros de anason în după-amiezile scăldate-n cotidian și cu un iz de mentă în nopțile nebune ale celor doi. Când el îți spune că nu există parfum mai fin ca mirul și nici femeie mai gingașă ca aceea din gândurile sale!

O iubire condimentată cu voi doi. Chiar și atunci când unii scapă mult prea multă sare în săptămânile cu ploi și vânt. Când certurile piperate se transformă în vorbe de ghimbir iar mai apoi în șoapte rumenite-n scorțișoară. Când unii o gustă în amar dar și atunci când se iubesc atât de dulce. O dragoste amară-dulce am gustat cu toții. Când chipurile celor doi se ceartă acru iar trupurile tremură sărat.

Atunci când el și ea miros a busuioc, mintea și inima se împletesc în prafuri de vanilie!

Așa e și iubirea. Un amalgam de simțuri și de gusturi infinite!

Ce minune e să te privesc! Dar nu prin ochiurile de aragaz. Pe ăla l-ai încins destul. Acum urmez eu. Ce plăcere e să tai și să toci dorințe! Din cele mai picante. Una după alta, precum un uragan de emoții ce se revarsă în cercuri uitate de trupuri clocotite.

Ce gustos e când inspiri din condimentele ferite de umezeala gândurilor trecute. Cel mai important moment este acum și aici. Nu când pleci și nici atunci când spui că mai rămâi.

Ce savuros e când adaugi esență de migdale cuvintelor! Ne-am plictisi altfel. În același ritm pe care adormi, seară de seară. Ai mai văzut două buze să se stingă una de cealaltă? Căci până acum le-ai ținut arse în cuptorul inimii deja aromate. Ai mai văzut doi ochi ce privesc cu atâta foame? Ochii mei nu pot fără ai tăi. Așa cum o prăjitură nu poate fără zahărul topit în ale ei texturi.

Ce promisiune ești când gătești... Ești mult mai senzuală decât atunci când te gătești!

Nici nu știu din ce să te gust prima dată...

Iar dacă unii se îngrașă este pentru că nu se mai satură de iubirea celuilalt...

Hrănindu-se cu atâta pasiune din venele ce pulsează sub privirile înmărmurite în clinchetul dintre două pahare. Iubirea ca un bumerang. O trimiți fulgerător de dulce înspre celălalt și te lovește atât de blând înapoi, fără a aștepta un semn al ei în infinitul gândurilor. Așa îți vorbește iubirea. Gurmanzii ei sunt veșnic înfometați în a o consuma dimineața, pe stomacul gol și în nopțile reanimate de dorințele ce se unesc în minte și în inimă.

O prăjitură atât de dulce și de însiropată, devorată în cofetăria plină de aromele naturale și fine ale sufletului respirat împreună. Când el spune mai vreau, ea îl ispitește și mai rău iar când ea își dorește mai mult, el îi oferă neîncetat. Un schimb atât de aromat în care simțurile se înnobilează, gusturile se combină iar condimentele îndrăgostirii se simt în aerul ce se inspiră des.

Să muști din cel de lângă tine și să te lași mușcat la rândul tău așa cum timpul mușcă neîncetat din viață. Un nesătul ce-și celebrează ospățul inimii într-un festin de neuitat al fericirii în doi. Iar dacă unii se îngrașă este pentru că nu se mai satură de iubirea celuilalt!

Azi nu te las să vorbești...

O gură poate fi ocupată numai cu o altă gură. Așa cum două buze se lipesc perfect una de alta.

Femeie, tu să taci! Azi doar privim. Nu în tabletă sau în telefon. Nici în oglinzi ce mint frumos. Azi mâinile vorbesc. Au să își spună atât de multe.

Femeie, tu să taci! Căci ai vorbit destul. Ține-ți cuvintele acasă! S-au strâns destule printre ploi și ape reci. E suficient să îți ascult tăcerea. Atât de frumos adie orice șoaptă ce-o rostești!

Femeie, tu să taci! Ești splendidă când nu mai spui nimic. Azi suntem ca două țigări ce se fumează singure. Când două fumuri își vorbesc despre trecut.

Femeie, tu să taci! Azi două trupuri își rostesc silabe. Ca două viori ce-și mângâie cu patos, corzile. Ca două clape ce se întâlnesc pe-același pian al ființei.

Femeie, tu să taci! Ești prea frumoasă atunci când taci, atunci de-abia îmi spui atât de multe.

Am uitat câte căzături am luat în numele iubirii. Unele au lăsat vânătăi adânci în suflet iar altele au fost precum înțepătura unui țânțar mereu înfometat. Am uitat câte chipuri, sculptate atât de fin, am întâlnit. Unele erau pictate în culori atât de vii iar altele se scăldau fără glas în cenușiu. Cele mai multe țipau fără să fie auzite. Asemenea unui clopot surd ce răsună în podul ființei, fără ecou.

Am uitat cu desăvârșirea omului dezamăgit câte cuvinte moi au fost presărate în minte și în inimă. Multe dintre ele căutau doar trupul. Căutau atingeri fără de sfârșit și fapte fără de-nceput. Cuvinte goale și așternute cu dibăcie în colțul rănit al celuilalt. Cele mai multe dintre ele se pierdeau iremediabil în golul dintre două bătăi de inimă. Atunci când anatomia iubirii este disecată și împrăștiată în mii de bucăți și amintiri. De cele mai multe ori, îmi doream să fiu amnezicul naiv și netulburat de vocile atât de suave ale fericirii.

Mă prefăceam în scrum atunci când fiecare țigară fumată pe jumătate se stingea în absența ta. Mă prefăceam în praf de stele atunci când numai eu priveam sub cerul nostru. Mă prefăceam că nu-mi mai pasă atunci când îți vedeam chipul în toți oamenii ce alergau grăbit prin viață. Mă prefăceam că nu iubesc, când tot ce îmi doream erai... doar tu!

„Cele mai frumoase femei sunt cele care sunt iubite!"

Îți spuneam. „Iubește-mă, atunci!". Mi-ai răspuns: „Numai așa pot fi cea mai frumoasă femeie de pe pământ! Numai așa mă simt a ta". Iar dacă este să nu te mai văd, te voi purta în buzunarul inimii aievea. Pentru că tu ești ca mersul pe bicicletă! Nu te voi uita niciodată!

Toamna asta mergem în vacanță. Dar nu într-un loc exotic. Nici într-un loc plin de forfota gândurilor. Toamna asta mergem în inimă. Tu în a mea și eu în a ta. Căci e singurul loc unde aș vrea să fiu. Un bilet dus. Inscripționat cu numele noastre. Pătat de amintiri și păstrat, cu grijă, în sertarul pe care îl vom deschide împreună. Toamna asta mergem în iubire. Nu e nevoie de tren, de avion sau de mașină. Nu e nevoie de bani, de timp și nici de hărți mototolite. Drumul îl știm cu ochii închiși. Când minți și inimi se ating. Când drumul cel mai sigur devine o scurtătură înspre sufletul tău. Toamna asta o petrecem singuri, împreună. Departe de veri caniculare și ierni dezlănțuite. Departe de ochi ce ne privesc din umbră și de vorbe ce ne caută glasul. Departe de alte trupuri ce vor să le-ncălzească pe-ale noastre. Departe de ei. Aproape de noi. Unor oameni le ofer doar frunzele frumos ruginite de nepăsarea timpului. Altora le ofer bucăți din vântul rece și dulce. Ție însă, îți dau toată toamna mea!

Ea a picurat frunze de caramel în inima mea.

E și mai toamnă atunci când frunzele căzute se numără în doi. Când, după atâta amar de vreme, nu mai dansezi singur, în ploaie. Când picăturile ei se preling încet pe trup iar cuvintele... pe suflet. Toamna e în noi atunci când prima adiere de vânt e ca o invitație la iubire. Atunci când inima înghețată a celuilalt nu mai așteaptă încă o vară a simțurilor. Toamna e frumoasă atunci când două inimi bat în același ritm purtat în septembrie. Atunci când buzele ei încă august. Când octombrie vă prinde încă împreună, iar noiembrie înseamnă doi. Toamna se numără săruturile. Atingerile și șoaptele presărate cu frunze. Se numără iubirile cu soț. Cuvintele și faptele ce le îmbracă. Toamna se numără promisiunile prezentului. Căci cele ale trecutului sunt demult uitate. Răvășite în dor.

Nu îmi promite soarele și luna de pe cer! Oricum nu aș avea ce să fac cu ele. Nu îmi presăra cuvinte dulci în farfuria inimii! Singurele condimente pe care le accept acum sunt faptele îmbrățișate în tumultul ființei. Dacă mă iubești, atunci iubește-mă! De dimineața și până în după amiezile îmbrăcate în noi și mai apoi în serile în care amândoi ne dezbrăcăm. La început, încet. Tulburător de încet. Apoi repede. Din ce în ce mai repede. În ritmul melodiei ce sună pe repeat în minte și în inimă. Dacă mă iubești, iubește-mă! Nu îmi tot spune! Arată-mi! Așa cum dansatorii își arată din mișcări. Precum scriitorul ce-și divulgă scrierile. Ca un actor ce își iubește replicile. Un magician ce se îndrăgostește iremediabil de iluzia pe care a creat-o. Dacă mă iubești, atunci iubește-mă! Așa cum mâna stângă are nevoie de cea dreaptă. Cum inima are nevoie de bătăi iar ochii tăi îi caută pe ai mei. Dacă mă iubești, iubește-mă! E tot ce am nevoie azi, acum. Mâine, poate că nici nu mai contează!

Noi doi suntem frumoși doar împreună...

De câte ori ne-am împuns precum doi copii naivi în liniștea din fața casei părintești? Câte minute și ceasuri ne-am privit atât de lung încât am încercat să evităm un zâmbet inocent? M-ai adus cu picioarele pe pământ și m-ai înălțat de atâtea ori. Doar privindu-te și ascultându-te mi-am amintit de toate clipele firave pe care le-am înșirat în tot acest timp precum mărgelele de safir prinse pe un fir de clipă.

Nu am putut niciodată să mă supăr pe tine. Era ca și cum aș fi fost supărat pe mine. Pe viață și pe Dumnezeu. Atunci când cuvintele tale dure și ferme erau aruncate înspre mine. Dar erau precum acele cuvinte, acele nestemate venite dintr-o altă limbă, o limbă necunoscută și misterioasă pe care voiam atât de mult să o învăț. Mi-a părut rău de fiecare dată când atingeam pielea ta tremurândă cu privirea mea rece.

O mie de săgeți otrăvitoare aruncate înspre cea mai frumoasă și gingașă floare. Dar tu parcă înfloreai mai mult. Iar lumina ta a fost cel mai puternic medicament al sufletului meu. Îmi amintesc cum stăteai ghemuită pe acel scaun incomod și încercai să nu îmi răspunzi. Ca și cum m-ai fi pedepsit pentru o faptă ce nu a fost înfăptuită.

Mâinile tale calde se făceau nevăzute și se ascundeau sub masa de sticlă rece. Ochii tăi triști încercau să verse lacrimi de gheață iar respirația ta era ca o prezență primitoare și apăsătoare în același timp. Părul tău lung acoperea un chip rănit de vocea mea răsunătoare. Dar mă iubeai. Și te iubeam.

În ceasurile cele mai grele și în glasurile cele mai aprigi tu mă iubeai. Atât de mult încât simțeam că te rănesc cu fiecare cuvânt rostit în noapte.

Am învățat că iubirea se manifestă în atâtea feluri încât fiecare gest al tău îmi spunea, zi de zi și clipă de clipă, cât de mult mă vrei lângă tine. Și nu voi uita niciodată acest lucru. Și acum îmi răsună imaginea ta în minte precum un clopot surd uitat de vreme în podul sufletului.

Nu puteam să rămânem supărați unul pe celălalt. Nu aveam cum. Chiar și atunci când ochii noștri plângeau la unison, chiar și atunci când inimile noastre urlau să fie auzite, chiar și atunci când mâinile noastre încercau să se atingă pe sub masa neclintită...

Tu nu ești singură! Și am înțeles de ce!

Pentru că până și certurile cu tine sunt frumoase!

Mai bine am tăcea!

Te-ai întrebat vreodată în câte feluri poate să tacă un om? Gramatica iubirii cunoaște nenumărate astfel de tăceri. Există un limbaj al gesturilor elegante prin care ne exprimăm admirația, afecțiunea, solidaritatea, suferința sau durerea. Există o tăcere prin care vrem să arătăm cât suntem de supărați, așa cum există o tăcere prin care ne exprimăm acordul cu ceva, cu cineva. Există o tăcere care anunță o furtună, așa cum există o tăcere a sentimentelor împietrite poate în prea multe cuvinte grele, așa cum există tăcerea celui care nu mai aude ecoul surd al iubirii. Pentru că iubirea nu are trup. Ea este spirit pur care ne-a cuprins la un moment dat trupurile și a învățat să vorbească prin noi. Atunci când ne rostim vorbe grele, torente de cuvinte care rănesc, atunci când vorbele rostite nu mai sunt șoapte de iubire, ci se transformă în zgomote dureroase, iubirea se retrage. Supărată, în tăcere, speriată de o limbă necunoscută și aspră pe care nu o cunoaște. Când glasul iubirii tace, să îl lăsăm, un timp, acolo, să nu îi răscolim profunzimile cu alte și alte vorbe aruncate înaintea gândurilor! Dacă o sufocăm în furtuna cuvintelor care îi sunt străine, iubirea va tăcea înaintea noastră și nu îi vom mai auzi cântecul pentru mult timp, uneori niciodată. Când vom învăța să tăcem și noi, din când în când, să nu mai dăm glas cuvintelor stridente, goale și reci, atunci iubirea va învăța din nou să vorbească prin noi, poate printr-o altă voce, dar mereu și mereu în aceeași tonalitate. Ea te iubește și când tace!

Iubirea nu pedepsește...

Nu poți să joci ping pong cu sufletul celuilalt sperând ca mingea să nu mai cadă niciodată de pe masă. E ca și cum ai mușca bucăți din inimă, aruncându-le mai apoi în neant. Nimeni nu este de piatră. Deși mulți se cred din oțel. În iubire e ca în ringul de box. Odată ce ți-ai luat knock out e foarte greu să te mai ridici. Atât la început cât și la sfârșit. Diferența este că la început nu e dureros. Dimpotrivă, îți dorești cât mai multe „lovituri" dulci din partea celuilalt. Lovituri ce nu lasă urme. Decât pe chip. Mai mult un zâmbet. Sau chiar o mie. O mie de zâmbete ce par să nu se mai termine.

La sfârșit e mult mai greu. Atunci când loviturile dulci se transformă în reproșuri și săgeți otrăvitoare. Atunci când nu mai ajungi să fii bun pentru tine, darmite pentru celălalt. Când urmele lăsate se imprimă în suflet. Ca un fier încins ce îți cauterizează iremediabil ființa. Finalurile sunt dureroase. Întotdeauna au fost. Atunci când simți cum părți din tine se desprind haotic și se împrăștie ca praful de stele în ochii celuilalt. Când ajungeți să nu vă mai recunoașteți. Mintea, inima și chipul. Trupul nici nu mai contează.

Orice apus se pedepsește. Apusul în care el nu mai dorește să rămână alături de ea. În care clipa se sfârșește încă înainte de a începe. Mulți bărbați apucă înseratul. Puțini prind soarele de dimineață!

Orice apus se pedepsește. Apusul sentimentelor. Sau moartea lor. A unei iubiri eclipsate și sfărâmate inconștient.

Orice apus se pedepsește.

Atunci ai ajuns atât de aproape de o anumită persoană, când o simți ca fiind un suflet pereche din mulțimea de ființe rătăcite și în derută. Să te conectezi la celălalt atât de repede și să te deconectezi în secunda doi. Ca o conexiune proastă de wireless de care depinzi atât de mult. Iar atunci când încetezi să mai depinzi de tine, ești pierdut. Cu iubirea nu e de joacă. Am mai spus-o în nenumărate rânduri și ocazii. De iubire trebuie să ai grijă ca de ochii din cap. Iubirea trebuie ocrotită și trebuie hrănită. Precum copilul nou născut și într-o continuă transformare a simțurilor, a trupului și a rostului cu care acesta a pășit în lume. Iubirea acum o ai, iar acum nu o mai ai. Depinde doar de tine cum o gestionezi. Sigur, e musai și să ai cu cine. Altminteri, morile de vânt ale sufletului se vor învârti singure în drumul tău spre celălalt. Iubirea e în aer. Inclusiv în aerul pe care îl inspiri, zi de zi. Dar ce poate fi mai frumos decât să inspiri într-unul și să expiri în doi? Numai atunci vântul aprig al inimii se liniștește, lăsându-te purtat doar în brațele celuilalt. Dacă ai reușit să prinzi iubirea, nu îi mai da drumul! Pentru nimeni și pentru nimic în lume! Păstreaz-o atent, așa cum ceasul își păstrează, neîncetat, limbile timpului, așa cum oamenii își păstrează aproape îngerii și străzile, praful de pași. Iubirea e în aer. Păcat că bate vântul! Așadar, închide ferestrele orgoliului, ușile trecutului, deschide-ți mintea și coboară în inimă!

CAPITOLUL IV

PARTAJUL INIMII

Vorbe...

În vânt sau goale. Dezbrăcate cu nonșalanță de buze ce nasc atâtea întrebări. Când citești o carte pe care nu o mai poți lăsa, te transpui în poveste. Nu mai ești aici, ci acolo. Nu mai auzi șoaptele și nici strigătele ce caută urechile tale. Când asculți aceeași melodie, cuvintele se despart de muzică, iar apoi se recompun ușor sub semnul serilor ce se încheie în ritmul lor. Atunci când vezi un film în premieră, nu te mai interesează vecinii gălăgioși din spatele tău. Urmărești filmul și nu oamenii. Ești un actor și nu un spectator.

Când întrebi, aștepți răspunsuri. Chiar dacă acestea întârzie să apară. De cele mai multe ori, răspunsul îl știi deja. E ori parte din întrebare, ori parte din tine. Când iubești, ar trebui să fii acolo, în inima celuilalt! Nu în altă parte! Doar așa îi poți simți bătăile și le poți acorda, cu finețe, la ale tale. Pentru că atunci când iubești, știi... simți! Nu te întrebi mereu dacă e așa. Iar atunci când spui „Te iubesc", ținta celuilalt e inima. Dacă ratezi, sunt doar vorbe. Vorbe transparente spuse atât de ușor celei care așteaptă s-o și iubești, și nu doar s-o visezi. Nu trebuia s-o cauți, trebuia s-o găsești! Nu trebuia s-o strigi, trebuia să-i șoptești!

Multe femei au uitat să mai râdă în fața omului pe care l-au simțit atât de aproape. Unele dintre ele își ascund zâmbetul sub fondul de ten ce maschează, aproape perfect, un chip șters și măcinat. Multe femei au uitat cum e să râzi cu sufletul în fața bărbatului ce a ajuns să răscolească totul în ele. Ca o mini tornadă ce curăță peisaje în jurul ei, dispărând mai apoi în neantul ființei. Din ce în ce mai multe femei plâng, dar nu de fericire, ci din tristețea jurămintelor călcate și zdrobite sub tălpile grunjoase ale bărbatului ce a uitat să mai iubească. Tot mai multe femei păstrează cu sfințenie rănile unei dureri din ce în ce mai ocrotite, schimbând măști după măști în goana lor după fericire. Atunci când antidotul durerilor de cap și de inimă nu îl mai reprezintă vorbele blânde ale bărbatului, ci o pastilă de algocalmin, uitată în sertarul deschis deja de atâtea ori. Bărbatul ar trebui să facă o femeie să râdă. Dar nu de el, ci împreună cu el. Să râdă din zorii zilei îmbrățișate în doi și până în serile pătate de parfumul lor. Să râdă ieri, azi și mâine. Mai mult în interior. Un bărbat nu este un bufon al sentimentelor și nici o piesă de comedie în viața femeii de lângă el. Însă atunci când un bărbat încetează să mai facă o femeie să râdă, e timpul să plece. Să plece de unde? Din sufletul ei!

Minciuni...

„Femeia nu se minte!" Decât atunci când alege să se mintă singură. Indiferent că o face conștient sau nu. O femeie își va da seama întotdeauna dacă o minți. Cel puțin femeia care a fost mințită deja. De aceleași buze lipite de un alt chip cioplit și de un alt trup ce salivează în taină după al ei. La fel cum o femeie va simți în secunda doi dacă te vrea în sufletul ei! Indiferent că e vorba de prima seară sau de prima săptămână!

Femeia e un receptor extrem de sensibil. Știe să filtreze minciuna încă din primele priviri împărtășite și ațintite cu ardoare înspre ea! Și chiar dacă unii bărbați se uită mai mult în decolteu decât în suflet, nu îi poți condamna. Cel puțin, nu pe toți. O femeie va ști întotdeauna cum să jongleze atent cu vorbele partenerului. Iar bărbatul care știe să jongleze foarte bine cu vorbele, dar eșuează lamentabil când se lovește de fapte, e tăiat rapid de pe lista pretendenților la „fericire în doi". Mai sunt bărbații care încep cu o minciună și sunt nevoiți să termine cu alta. Sunt precum acei hoți de sentimente ce continuă să fure, cu gândul că nu vor fi niciodată prinși! Nici ei nu scapă de intuiția feminină.

La final de zi, femeia este singura care alege. Să fie sau nu mințită. Să-și întoarcă privirea sau doar să închidă ochii. Să întoarcă foaia sau pur și simplu să o rupă. Să mai ofere șanse sau să le îngroape.

Femeia care iubește nu este femeia naivă. Mulți bărbați (naivi) nu înțeleg asta! Nu înțeleg faptul că o femeie nu se minte și nu poate fi mințită. Nici dimineața, nici la prânz și nici seara. Iar cei care cred asta, se mint singuri!

Nu există bărbați care știu să mintă, ci doar femei care îi lasă!

Nu există femei proaste!

Poate doar naive. Nici un bărbat nu își dorește o împiedicată în viața lui. Chiar dacă e atât de frumos să „te împiedici" și să cazi în brațele care te așteaptă. Iar dacă nu te așteaptă dimineața, la prânz și seara, nu te merită deloc!

Am cunoscut bărbați care preferau să se îmbete cu apă rece atunci când intrau într-o relație și femei ce păreau să uite cât de frumos este să iubești din nou. Curat și sincer. Femei ce-au îndurat mulți și la fel de multe din partea lor. Bărbați care nu înțelegeau că atunci când închizi ochii nu înseamnă că îți închizi și inima. Unii considerau că intuiția feminină e doar un concept psihologic abstract, iar alții o puneau pe același plan cu replicile banale dintr-un film S.F.

Femeile nu pot fi mințite. Mulți bărbați nu au înțeles asta. Ele se lasă mințite. În numele unei iubiri neînțelese. Sau așteptate mult prea mult într-un colț rănit de suflet. Trebuie să fii un prost să crezi că femeia de lângă tine este o proastă. Altminteri, nu ai fi ales-o! Când tu îți ștergi mesajele din telefon, ea își șterge lacrimile. Ar fi bine să fii tu cel care i le șterge. Definitiv. Când tu îți întorci capul după altele, ea își înghite gândurile. Când mintea ta e în altă parte, inima ei se fărâmițează în mii de bucăți împrăștiate pe o poză în care unul doar mimează iubirea.

O femeie știe. Dar, în primul rând, simte. Simte când nu mai este iubită. Simte când nu mai este invitată în suflet sau gonită de acolo, așa cum ploaia este gonită de vânt. O femeie știe când este mințită. Atunci când zâmbetul ei maschează perfect o durere surdă. Unele îl folosesc drept cel mai bun fard al chipului. Când trupul este chinuit de fiorii crunți ai unui deznodământ mereu amânat. O femeie așteaptă și speră în schimbare. Asta nu o face proastă. Poate numai... îndrăgostită! Când timpul se oprește în loc sau se dilată.

O femeie iubește. Iubește mult. Chiar și atunci când este rănită de cuvinte și de lipsa faptelor. Mulți bărbați nu înțeleg asta.

Poate nu vor înțelege niciodată!

Femeia e mereu de vină...

Pentru toate lacrimile înșirate atent ca mărgelele pe un fir de clipă. Pentru că s-a ghemuit prea mult în același colț uitat de lume, blocată fiind în amintirile uitate ale unui nou început. E de vină pentru că cel de lângă ea a uitat să-i mai întoarcă paginile. A început să i le rupă, să i le arunce împrejur. Femeia e de vină pentru o altă femeie ce-a apărut pe scena vieții ca într-un joc de casting gratuit. E de vină că nu mai e ținută de mână. Doar o mână caldă poate încălzi una rece. Prea multe ierni în suflet se petrec acum. Femeia e de vină pentru nopțile în care vorbește singură. Căci prostul a plecat. A plecat de acasă, dar încă a rămas în suflet. E de vină pentru cuvintele preschimbate în otravă. Pentru buze ce-au uitat să le atingă pe ale ei. Pentru mâini ce au uitat s-o strângă în brațe. Pentru o inimă ce nu mai bate acum în ritmul ei. Femeia e de vină că iubește. Căci proștii sunt iubiți, dar nu iubesc la fel. Dar prostul a uitat că Femeia e divină! Până nu demult a fost a ta. Atât de prost să fii s-o pierzi... pe ea!

„Femeia te ridică, Femeia te coboară!"

Te ridică în rai atunci când cunoaște fericirea. Te coboară în iad atunci când nu o meriți. Iar dacă nu ți-a fost bine cu ea, s-ar putea să îți fie mai bine fără ea. S-ar putea. Cel puțin, ei îi va fi mai bine fără tine. Fără doar și poate.

Am citit o „vorbă" undeva: „Dacă am pierdut ceva înseamnă că nu am avut nevoie de acel ceva". Sau poate nu ai știut să ai grijă de acel... cineva. Un lucru la care mulți nu s-au gândit până acum. Mulți bărbați uită faptul că femeia nu vine în viața lor cu kilometrajul inimii dat peste cap. Orice femeie are o limită. Iar dacă tu nu ai știut să o iubești ca la carte, cu siguranță o va iubi un altul, mai departe. Mult mai departe de orice șoaptă la care a tresărit atunci când ai cunoscut-o.

Femeia nu se iubește cu pauze și nici cu degetul pe butonul de rewind. Pentru că atunci când te-ai oprit din iubit, ai apăsat inconștient butonul de stop. Iar când pui stop, așteaptă-te să pierzi din privirea senină a femeii de lângă tine. Să pierzi din gustul fraged al trupului încălzit de degetele ce nu au știut să o ocrotească și de zâmbetul de copil pe care îl păstrează cu atâta seninătate în baierele inimii. De buzele dulci și cărnoase ce vor uita să mai sărute chipul tău, de cuvintele alintate și parcă ascunse în ecoul singurătății și de fiorii unui întârziat suspin al ființei.

Femeia care a încetat să te iubească se evaporă din amprenta inimii tale și se scurge inevitabil printre urmele rămase în amintirile clipelor împărtășite în doi. Sărut-o, prețuiește-o și iubește-o! Altminteri, te vei uita paralizat de pe margine cum altcineva îi va oferi toate aceste lucruri!

Ferește-te din calea unei femei care a încetat să mai iubească! Va pârjoli pământul, își va înghiți amintirile și tot nu se va uita înapoi!

Gândim la fel, simțim la fel, mințim la fel...

Dar nu iubim la fel. Sau poate că nu am făcut-o deloc. Asta e o altă melodie. În care versurile au fost înlocuite treptat cu promisiuni deșarte și ascunse sub preșul murdărit deja de atâtea cuvinte. O poezie tristă a celor care au uitat strofele și le-au confundat cu suspine ferite de văzul celorlalți.

Când el minte, ea se lasă mințită și invers. Cercul vicios, perfect și indestructibil al unei relații ce a devenit o cursă contra cronometru: cine ajunge primul la „nefericire". Un maraton de reproșuri și de săgeți otrăvite și înfipte în inima celuilalt cu o precizie chirurgicală. Unii nu mai ajung nici la linia de sosire, iar cei care o fac nu sunt aplaudați. Dimpotrivă, sunt puși la zid de ei înșiși și aclamați în forul durerii personale. Doi „sportivi" de performanță ce aleargă cot la cot, mizând pe auto-iluzionarea unei schimbări subite. Doi alergători antrenați în suferință și condamnați la locul doi. Iar când ești pe locul doi, nu te vei putea niciodată bucura autentic de trofeu.

În iubire nu există locul doi. Niciodată. Când deviza unei relații toxice devine peste noapte: „Intră cine vrea. Scapă cine poate". Contrastele se atrag. Dar nu și în povestea asta. Aici, cum inspiri, așa respiri. Inspiri minciuna, expiri durere. Inspiri toxic, expiri greoi. Din ce în ce mai greoi. Până când ajungi să te sufoci lent și însingurat de celălalt. Și singura mască ce o mai suporți acum e cea a unui zâmbet luxat și chinuit. Fracturat de prea multe lovituri deloc barate. Iar muzica inimii are un alt ritm!

„Gândim la fel, simțim la fel, iubim la fel". Așa sună melodia. Cam așa ar trebui să sune și cântecul relației noastre!

Am fi ajuns amândoi la finish dacă nu ne-am fi împiedicat de așteptări. Unul dintre noi a ales să alerge atunci când trebuia să meargă iar celălalt mergea, când trebuia să transpire. Relațiile sunt atât de simple. Noi le complicăm gratuit. Doi oameni ce ar fi putut să se iubească și să nu uite numele celuilalt. Unii suferă de amnezie acută atunci când se trezesc dimineața, iar alții se trezesc singuri, încercând să uite. Mulți dintre noi am uitat cât de bine este să fim ținuți de mână, iar mai apoi în brațe. Ca mai apoi să ținem în mână doar un telefon ce se lasă așteptat, între apeluri. Singurul apel este cel al inimii. Dar acum e în afara ariei de acoperire. Abonații iubirii au reziliat contractul fericirii și au plecat pe drumuri diferite. Mulți dintre noi am uitat cum e să mai dansăm împreună. Acum ea dansează singură în timp ce el stă pe un scaun și o urmărește. Uneori îi mai aruncă un zâmbet tâmp, ca un salut ce poartă amprenta unei prietenii învechite. Am uitat că iubiții ar trebui să fie și cei mai buni prieteni. Acum sunt mai mult prieteni decât îndrăgostiți. Doi colegi de apartament ce își împart fărâmiturile la aceeași masă petrecută în doi. Ea își înghite amintirile, iar el înghite în sec. Am uitat cum e să îl citim pe celălalt în suflet. Acum ne este greu să mai citim și-o carte. Darmite un om cu mii de pagini răsfirate în inconștient. Ar fi ieșit o poezie frumoasă dacă nu ai fi încurcat strofele. Le-ai înlocuit cu așteptări și ai presărat orgoliu peste ele. Le-ai învăluit în temeri și ai pătat rima. La naiba cu poezia asta nenorocită! Singura poezie ce mai contează acum suntem Noi. Restul, doar niște versuri încurcate de niște amatori ce au uitat iubirea.

Ți-am spus că iubirea e un sport extrem, dar tu nu ai vrut să mă crezi. Iubirea înseamnă salturi cu parașuta, scuba diving, înseamnă maraton și cățăratul munților. Înseamnă să alergi și să transpiri, dar nu unul de celălalt, ci împreună. Înseamnă să trecem amândoi linia de sosire, în același timp. Iubirea înseamnă fugă, dar nu de noi înșine și nici de trăiri împărtășite. Înseamnă fugă de orgoliu și de temeri. Atunci când reușești să le învingi pe amândouă. Iubirea e un sport extrem. Când amândoi gonim pe autostrada clipelor cu peste două sute de bătăi de inimă pe secundă. Înseamnă adrenalina simțurilor și foșnetul trupurilor, atunci când amândoi punem frână pentru a ne săruta în pauzele de respirat. Iubirea e un joc. Un joc de tenis ce nu ar trebui să se mai termine. O minge de emoții ce nu cade în afara liniei celor doi. E un joc de șah cu reguli schimbate. Atunci când regele și regina rămân amândoi pe tablă, fără a fi nevoie de un pion s-o înlocuiești pe Ea. Iubirea e un sport extrem. Iar tu ai obosit prea repede. Atunci când nu ți-ai mai deschis parașuta, atunci când ai decis să te îneci, când te-ai gândit că linia de sosire e o iluzie, când mingea ai aruncat-o în tribună. Când ai ales un pion, în loc s-o alegi pe ea.

S-a terminat cu iubirea. Ți-am oferit tone de emoții, kilograme de săruturi și grame de fiori din sufletul meu. Te-am iubit la metru și ți-am turnat litri de lacrimi în pragul inimii. Nu aș fi crezut vreodată că iubirea poate fi măsurată în preajma ta. Pe măsură ce te iubeam mai mult, mă răneai mai des. Eram invers proporțional fericirii. Eram ca două cifre inversate în grabă. De fiecare dată când îți vorbeam mai mult, tăceai. Din ce în ce mai aprig. Erai precum o șoaptă sfâșiată în amintiri. Precum o eșarfă ce sugruma clipe petrecute în bătătură. Nu credeam că iubirea e gradată în universal tău. Căci acum, gradele din suflet scad, nu cresc. E frig atunci când mâinile tale ascund atingeri ce nu-și găsesc ținta. Nu aș fi crezut vreodată că poți iubi pe cineva care nu te iubește. E ca și cum ai hrăni o pasăre de lemn așteptând să te încânte cu al ei glas sculptat în forme tari. Nu aș fi crezut vreodată că voi schimba intensitatea. Când mintea voia să te schimbe pe tine, dar inima nu o lăsa, certând-o. Nu mi-am imaginat vreodată că în dragoste e ca la piață. Un troc neinspirat între protagoniști. Iubirea nu e un troc. Nu se cumpără și nu se vinde și nu se termină. Niciodată. Iubirea nu e la metru și nici la kilogram. Nu e la litru și nici gradată. Iubirea ori e, ori nu e! Așa cum eu am fost chiar și atunci când tu ai încetat să fii!

Mai bine că s-a terminat acum...

Mai bine scurt și intens decât lung și dureros. Cu amintiri mai mult sau mai puțin plăcute decât cu regrete apuse și cu multe lacrimi îngropate sub același covor murdărit în doi. Mai bine o vară scurtă cu soare și multă căldură, decât ierni friguroase și inimi înghețate de tremurul atât de surd al unui „Adio!" spus în grabă. Mai bine el acolo iar tu aici decât un el și o ea împreună sub același gust amar al singurătății în doi. Mai bine că s-a terminat mai repede, decât să fi durat mai mult și fără sens. Puțin și bine e întotdeauna mai sănătos decât lung și prăpăstios. Mai bine definitiv și irevocabil, decât împăcat și reîmpăcat sub aceleași certuri infinit de grele. Mai bine prieteni într-o fostă iubire, decât dușmani în propria nefericire. Mai bine un final elegant, decât unul răstit și înțepător de aspru. Mai bine că ați râs atunci, decât să plângeți mai târziu. Pentru că, uneori, corzile inimii răsună în sincron, perfect cu ritmul vostru. Iar când unul pierde ritmul, mai bine un nou partener de dans decât același cântec gol și neauzit, cântat doar de o singură și tristă voce.

Îți mai aduci aminte cum râdeai când o conduceai acasă, seara? Când fusta ei se confunda cu luna. Când zâmbetul ei colora umbre. Asemenea pictorului ce mai adaugă pete de lumină în tabloul unei nopți întunecate. Îți mai aduci aminte ce frumoase erau nopțile îmbrățișate în doi? De ce o iubeai numai atunci? Uitând ca dimineața să fii tu cel care-o trezește. S-a săturat de ceasuri deșteptătoare. De jaluzele trase-n grabă. De o cafea băută într-o ceașcă ce nu își mai găsea perechea. Te-ai îndrăgostit de nopți și ai uitat să iubești diminețile. Așa cum te-ai îndrăgostit de un machiaj, uitând frumusețea din spatele lui. Te-ai îndrăgostit de-o bluză, uitând de pielea ce-o adăpostește. Te-ai îndrăgostit de un parfum, uitând aroma ei în prăjituri alese. Te-ai îndrăgostit de niște tocuri, uitând de glezne fine ce vorbesc cu pașii. Te-ai îndrăgostit de ea când râde, uitând s-o mai iubești când plânge. Căci noaptea fără dimineață nu se poate. E ca o umbră fără al ei protagonist. E ca și cum iubești pe jumătate.

Șomajul sentimentelor...

Ai fost disponibilizat. Un cuvânt foarte cunoscut în zilele noastre. Pentru că e criză. Criză pe piața muncii, criză financiară, crize interminabile de nervi, criză în viața de cuplu, criză existențială și tot așa. Orice criză este însă un semnal de alarmă, dar și un prilej al reașezărilor, al oportunităților, o invitație la reflecție și la renaștere. Un sfârșit sau un nou început. Ce înseamnă, de fapt, mai pe românește, cuvântul disponibilizat? Disponibil să mergi la bibliotecă. Disponibil să stai de vorbă cu tine mai mult. Să te plimbi pe aleea deșertăciunii. Disponibil să intri în altă relație. Disponibil să-ți cauți un nou job. Disponibil să înveți o nouă meserie. Disponibil să-ți vezi viața și relațiile cu cei din jur. Disponibil să înțelegi dacă iubești, dacă ești iubit. Nimic din toate astea nu-ți vin în cap, la început. Primul sens al cuvântului este cel care îți sună în minte ca o pedeapsă. Ai fost dat afară. Afară unde? În lumea largă sau într-un cerc din care nu știi cum să ieși, până ajungi să-ți iei lumea în cap. Sună greu, tăios, umilitor, batjocoritor. Nu-i nimic, îți spui, la început. Viața merge înainte. Nu mă înghițea șeful. Nici mie nu îmi plăcea ce făceam acolo. Voi găsi eu altceva. Cauți, încerci, rogi pe cineva să pună o vorbă bună. Aştepţi. Între timp faci datorii şi nici nu mai aştepţi. Pentru că începi tu însuţi să te consideri un dat afară din ceea ce ai visat, din ceea ce ai crezut că va fi viaţa ta. Mai mult, continui să te dai tu afară de peste tot. Din cercul de prieteni care s-au realizat, care-şi câştigă, cinstit, existenţa. Te dai sau eşti dat afară din tihna concediilor pe care nu le mai meriţi. Până la urmă eşti dat afară şi din bucătăria unde ai învăţat aşa de bine să faci mâncare, să speli vasele şi gresia. Ţi-au ajuns, până peste cap, reproşurile şi pedepsele, de parcă nu era de-ajuns pedeapsa de a fi fost disponibilizat. Te-ai obişnuit în fiecare zi să auzi că nu eşti bun de nimic. Ba chiar eşti un om de nimic! Nici om nu mai eşti pentru cel care credeai că este, omul vieţii tale, încât nici nu mai aştepţi, nici nu îţi mai doreşti nimic. Te-ai obişnuit atât de mult cu statutul de dat afară, încât nu mai recunoşti nici glasul, nici chipul omului de lângă tine. Ceea ce nu poţi să înţelegi dintr-o dată este doar dacă ai fost vreodată, înăuntru. Dacă nu cumva aţi fost mereu afară. Este momentul în care devii, din disponibilizat, indisponibil. Momentul în care îţi dai seama că iubirea nu mai lucrează nici ea. Sau poate că nu a lucrat niciodată. Iar când iubirea intră în şomaj, e cazul să rămână acolo, disponibilizată de însăşi indisponibilitatea ei!

Iubire în rate...

Iubirea nu o scrii! Nu o aşterni pe o hârtie ca apoi să o mototoleşti şi să o arunci la gunoi! Pe ea... iubirea.

Nu o anunţi în piaţa publică şi nu o strigi în gura mare ca alţii să râdă apoi de tine şi de ea... iubirea!

Iubirea nu o afişezi în postere lucioase şi nici nu o testezi!

Iubirea nu o vinzi! Nu o cumperi! Nu o împrumuţi! Când vinzi iubire, vinzi iluzii. Când încerci să cumperi iubire, te vinzi pe tine, iar când împrumuţi iubire te înjumătăţeşti.

Mă uitam la Ea. Cât poate să fie de frumoasă o Femeie frumoasă? Nu puteam să respir. Aveam ochii atât de umflaţi şi gura atât de secătuită. Parcă am fost protagonistul unei petreceri sălbatice în care nu mai ştiam dacă voi mai apuca a doua zi. Dar nu îmi păsa. Mă uitam la ea neîncetat. Avea nişte ochi atât de mici şi atât de oblici... nişte ochi atât de obraznici, dar atât de liniştiţi. Nişte ochi conturaţi parcă de toată suferinţa lumii acestei vieţi. Toate nenorocirile, dar şi toate bucuriile se regăseau în acei ochi de femeie. Parcă cerneau dorinţă.

Nu poţi să nu te uiţi în ochii unei femei frumoase şi să nu plângi. În interior. Nu mă puteam mişca. Eram asemenea intrusului mitic care se uită în ochii Meduzei doar pentru a putea fi împietrit. De bună voie. Voiam să fiu și eram împietrit. O admiram de la cer la pământ și înapoi. Era un fel de carusel amețitor și tot ce se întâmpla cu mine mă fascina. Pentru că în același timp eram fascinat de Ea. Nu știu dacă era atentă la mine. Nici nu îmi păsa. Atâta timp cât se lăsa privită și adorată, era tot ce îmi doream. Un vis căutat conștient în cămările pătate de dor ale inconștientului. Și ce vis! Cu siguranță m-aș fi supărat și aș fi renegat orice om bun care ar fi încercat să mă trezească din el, șoptindu-i ușor, dar repede: „Te rog, mai stau puțin...!". Și simțeam! Simțeam toată povara lumii asupra ei și asupra mea. Nu aveam cum să nu plâng ... însă doar pe interior. Nu voiam să par acel bărbat plângăcios. Pentru că atunci pierdeam privirea ei. Iar mai apoi, mă pierdeam pe mine.

Ai iubit vreodată cu întrerupere? Acum să iubeşti, iar acum... să te opreşti? Nu... Nu ai cum.

Iar dacă ai făcut-o, nu ai iubit. În niciun caz nu ai iubit-o pe ea. Te-ai iubit pe tine și ți-a plăcut. Dar nu pe ea! Ea nu cumpără iubire. Nu caută iubire. Nu cere iubire. Ea simte iubirea! O simte și o emană. Iar dacă nu o iubești neîncetat ești un mare prost. Ești cel mai mare prost om în viață. Iar atunci când o pierzi, ea nu se va mai întoarce. Nu își va mai întoarce nici măcar capul înapoi. De ce și l-ar întoarce? Pentru cine? Pentru cineva care nu a știut decât să iubească programat și cu întrerupere? Ea nu își dorește așa ceva. Ea își dorește mult! Neîncetat și mult! Atât cât poți tu, dar mult! Iar dacă ai pierdut-o, cine se va mai uita în ochii tăi cu atâta durere și fericire? Cine îți va alinta privirea, cine îți va gâdila inima și cine îți va șopti aievea că te Iubește? Sunt acele momente unice din viața fiecărui om. Sunt acei oameni care apar în fața ta ca un dar al acestei vieți. O viață ca un gând.

O străfulgerare de emoții, de trăiri și de furnicături îmi cercetau sufletul. Și nu mă puteam opri din a o privi. Am încercat să îi șoptesc ceva. Însă gândurile mele au fost oprite și spulberate așa cum kevlar-ul oprește un glonț, înainte de a străpunge o inimă... deja străpunsă! Și am amuțit. Dar am amuțit frumos. Fără să o deranjez în amuțeala mea. Și atunci mi-am dat seama de tot și de toate. Mi-am dat seama că Iubirea este atunci când ea se uită în ochii tăi, atunci când ea îți bate la ușă, iar tu îi deschizi înainte de a pune mâna pe încuietoare, atunci când îți răspunde la telefon, iar tu deja i-ai spus că o iubești înainte să îți audă vocea, atunci când tot ce contează mai mult pentru ea se contopește cu tine și cu tot Universul. Atunci când te bucuri că se bucură. Iubirea o dai sau nu o mai dai deloc.

O iubire în rate nu se poate. Nu există. Pentru că dacă iubești în rate atunci vei fi taxat. Asemenea bancherilor cu priviri mizantropice care te sună necontenit în a-și recupera ce este de recuperat. Însă după iubire nu alergi.

Cel mult, te lași prins de ea!

Și cât de mulți „străini" iubesc în rate...

Îi văd zi de zi. Plimbându-se, derutați, în pragul inimii. Sunt amândoi încălțați. Nu vor să se descalțe. Trăiesc într-o gălăgie cruntă a minții deși nu își spun nimic. Își înghit amar cuvintele. El este orb. Ea este surdă. Ea a uitat să ude florile. El a uitat să-i mai aducă ei, altele. El țipă. În interior.

Ea nu îl mai poate auzi. Ea plânge. Tot în interior. El nu-i mai poate vedea lacrimile. Trec unul pe lângă celălalt, grăbindu-se. Se învârt în cerc. Un cerc sugrumat de dureri surde. De suflet. Când obosesc, trupurile lor se aştern, fără de sunet, în acelaşi pat. Fără a se mai atinge. Nu s-au mai atins de multă vreme. Dimineţile ajung târziu. E greu să visezi atunci când nu poţi să adormi. Aşa cum este al naibii de greu să adormi când ştii că nu-l mai poţi visa pe celălalt. Pe cel de lângă tine. Sunt doi străini în casa noastră. Dar niciunul nu vrea să plece.

Ea e superbă! Şi tăcută! Atât de tăcută încât nu o mai auzi nici măcar atunci când te strigă sau atunci când îi ghiceşti paşii prin casă. E asemenea unei fantome leneşe care a mai uitat să plece şi îşi trăieşte neliniştea în... linişte! O ai în fiecare zi lângă tine dar o simţi atât de departe. Faceţi atât de multe lucruri împreună dar simţi că ai putea să le faci şi singur. Îi simţi parfumul în fiecare noapte atunci când se îndepărtează parcă şi mai mult de perna ta, dar nu o mai simţi pe Ea.

Şi ea a încetat să te mai simtă pe tine. Vorbiţi atât de mult, însă glasul ei e precum bucăţica de metal rămasă fără ecou în camera mult prea goală și liniștită.

Cuvintele ei sunt asemenea trupurilor fără haine și a muzicii fără ritm. Ochii ei privesc de aproape dar au uitat să îți mai țintească inima și sufletul. Sunteți amândoi muți la tot ce se întâmplă. Dar niciunul nu poate renunța. Ea e precum răul necesar din viața ta, iar tu ești aerul toxic pe care ea îl inspiră zilnic.

Știe că ai pe altcineva pentru că a înțeles de prea multă vreme că nimeni nu poate iubi două femei în același timp. Nici măcar în gând. Ceea ce este mai dureros este că și tu ai pierdut-o în brațele altuia, dar îți place să o vezi chinuită. Sunteți amândoi niște absenți perfecți. Iar în nefericirea voastră sunteți cei mai fericiți. Ați schimbat atâtea măști, încât le poți citi conturul pe chipul vostru. Ați schimbat atâtea haine, încât ați uitat să vă îmbrăcați sufletul. Ați schimbat atâtea zile dar ați uitat ziua ce v-a adus împreună. Ați râs de atâtea ori, încât ați uitat să mai zâmbiți.

Vă căutați prin casă, dar nu vă găsiți niciodată. Chiar și atunci când vă priviți sau vă atingeți.

Ați ajuns niște străini prea incomozi. Dar vă suportați necondiționat.

Tu plângi pe unde apuci iar ea își varsă lacrimile în inimă. Și întrebarea răsună înfiorător și al dracului de enervant în fiecare zi și în fiecare secundă. Ca o picătură chinezească. E cadoul vostru morbid.

De ce?

Pentru că singurătatea în doi este atunci când tu ai uitat să pleci, iar ea a uitat să mai rămână!

Când în camera separată de suflul celor doi, singurele cuvinte ce mai pot fi digerate sunt cele ale unui suflet măcinat și obosit. Ea este deja plecată, chiar dacă tu îți spui că încă o mai vezi pe holul imprimat de pașii voștri. O nălucă ce bântuie neașteptat aceleași vise și aceleași încăperi mirosind a voi.

Precum stiloul de culoare bleumarin ce a scrijelit cu finețe un manuscris al minții și al inimii ce nu a mai apucat să fie terminat. Stiloul tot bleu rămâne, chiar dacă tu îți spui neîncetat că e roșiatic. Momentele când stăteați pe canapeaua ușor înghesuită de trupurile voastre ce căutau atingere. Ochii ce priveau același film prost pe care voi l-ați considerat bun.

Niciunul nu voia să schimbe canalul, chiar dacă știați deja finalul. Era suficientă o simplă atingere a unui buton pentru a schimba tonul serilor îmbibate în aceleași așteptări. O pedeapsă deloc dulce a unei iubiri îngropate sub podeaua ce ascundea atâtea secrete. Un spirit încătușat și sufocat de aceleași minciuni repetate. Dar nu din partea celuilalt. Mai mult din partea ta. Atunci când „totul va fi bine" se transformă încet în... „fără tine!".

Însă mulți ajung târziu la același deznodământ. O bombă cu efect întârziat sau o glumă la care începi să râzi când toți ceilalți deja au uitat-o. Cele mai mari minciuni nu sunt cele pe care ni le spun ceilalți. Cele mai mari minciuni sunt cele pe care singuri le hrănim, amăgindu-ne cu ochii întredeschiși.

Atunci când „Îmi doresc să te uit!" înseamnă, de fapt, un „Încă te iubesc!".

Atunci când îmi doresc să te uit...

Şi totuşi, cred că există persoane de neînlocuit. Chiar şi atunci când acestea pleacă, iar tu rămâi în urmă. Atunci când cauţi în ceilalţi bucăţele din cel ce-a fost în viaţa ta şi a voastră. De multe ori greşim. Atunci când schimbăm becul cu un altul, deşi cel dinainte încă mergea. Iar când cel de-al doilea se arde subit, ne întoarcem la primul sperând că va mai lumina! Chiar dacă l-am uitat într-un sertar la fel de prăfuit şi rece ca inima noastră. Unii pur şi simplu îl aruncă. Departe de orice gând ce ar putea să îi întoarcă înapoi. Iar alţii preferă să îl spargă, rănindu-se mai apoi în cioburile împrăştiate pe podeaua fiinţei. O literă pe care o schimbi cu alta şi o aşezi în cuvântul care apoi... strică fraza. Deşi o înţelegi, ceva îţi spune că nu e ok! Ca o mână proastă pe care te bazezi în timp ce alţii joacă poker cu viaţa ta! Dacă mergi la cacealma, pierzi. Iar dacă mergi pe intuiţie, poate că încă mai ai o şansă. Să te ridici de la masă fără a termina jocul e însă şi mai grav. Aşa facem şi cu ceilalţi. Înlocuim fără regrete ca mai apoi să regretăm. Niciodată nu e prea târziu pentru un nou început. Un nou joc pe tabla vieţii. Important este să nu trişezi. Atunci te păcăleşti pe tine. Şi, de multe ori, nu celălalt trebuie înlocuit!

PREA MULT EU... PREA PUȚIN TU!

De câte ori te-am așteptat în pragul sufletului, sperând că o să apari înainte de închiderea pleoapelor! De câte ori te-am strigat asemenea unui nebun abandonat în mijlocul unei inimi pustii! De câte ori am sunat la același număr, memorând aceleași cifre precum un abecedar al unei iubiri pierdute!

Te-am așteptat de atâtea ori de câte ori m-ai rugat să o fac și te-am strigat de atâtea ori de câte ori ai cerut să fii strigată. Te-am sunat fără întrerupere fără să pot să îți încerc, pentru o clipă, glasul. Am rostit numele tău și l-am zidit pe toți pereții sufletului. Ți-am dăruit bucăți din inimă și am pictat tabloul nostru în cele mai frumoase zile. M-ai amăgit asemenea iluzionistului care sfidează orice lege a fizicii, aplaudat fiind de cei mirați și păcăliți. Mi-ai păcălit simțurile, mi-ai ucis trăirile și te-ai jucat cu emoțiile de ieri și de pretutindeni. Ai sfidat orice lege a iubirii. A iubirii naive dintre doi oameni la fel de naivi. Unul mai prost decât celălalt. Unul pentru că iubește pe cine nu trebuie, iar celălalt. Un celălalt care se lasă doar iubit. Și atât.

Prea multe cuvinte aruncate. Prea puține fapte. Prea mulți „Te iubesc". Prea puțin „Te doresc cu adevărat". Prea multe emoții. Prea puține trăiri sincere. Prea multe promisiuni. Prea puține clipe împărtășite. Prea mult eu! Prea puțin tu!

Prea puțin NOI!

În fiecare dimineață erai trezită în săruturi infinite. Săruturi ce se topeau suav în cafeaua savurată cu atâta dorință în doi. În fiecare după amiază erai îmbrățișată de aceleași brațe ce se lipeau teribil de repede de corpul tău plăpând. În fiecare seară erai adorată de aceiași ochi și de aceleași buze ce rosteau șoptit un... „Te iubesc!"

În fiecare noapte erai visată și așezată cu blândețe în subconștient. Ca o fărâmă de suflet pe care nu îți dorești să o pierzi și pe care o ascunzi în secret în colțul inimii. În fiecare secundă a fiecărui minut. În fiecare minut al fiecărei ore petrecute împreună. În fiecare oră a unei zile binecuvântate de parfumul ei. În fiecare zi a unei săptămâni ce se transformă atât de dulce într-o lună de miere. O lună a unui an în care două trupuri încă dansează pe același ritm nebun al clipei. Erai fericită! Ca o noapte ce invită luna la iubire. Erai iubită! Ca ziua ce iubește același soare. Erai a mea!

Am fost un prost că m-am oprit! Atunci când am fărâmițat anii în luni. Când lunile le-am transformat în săptămâni și săptămânile în zile amare. Când zilele erau topite-n ore, iar orele se prefăceau minute. Minutele se preschimbau în secunde. Iar în secunda următoare nu ne-am recunoscut.

Acum, că pleci, am hotărât să iei tu covorul de lacrimi pe care l-am țesut împreună și l-am murdărit cu praful de stele căzute în nopțile când am uitat să iubim. Împachetează-l cu grijă, mai păstrează încă pașii noștri furișați și grăbiți să se descalțe de timp în pustiul sufletului.

Un covor imprimat de tălpile noastre purtate de atâtea zâmbete. Asemenea unui concurs de fericire. Cine dintre noi zâmbea mai mult. Nu aș fi putut spune. Eram atât de prinși unul de celălalt, încât fericirea eram noi.

Să nu uiți cufărul cu așternuturile noastre albe și moi, scăldate în dimineața îmbrățișărilor noastre și pătate de umbrele care s-au furișat între noi și ne-au cuprins în mrejele întunericului. Lasă-l încuiat, să nu-l mai deschizi, lasă-l să se impregneze de sufletele noastre de levănțică, amestecate cu atâtea parfumuri străine. Și dulapul să-l iei, s-a așternut atâta praf pe el și în noi. Hainele timpului care ne-au compus atâtea măști și chipuri, până ne-am trezit dintr-o dată doi străini, sunt uzate de timp și de ploile noastre neroditoare.

Și totuși, am purtat împreună hainele inocenței și ale iubirii împărtășite atât de pur. Ne-am dezbrăcat de frigul ce tăia respirații și am lăsat loc focului să poată sălășlui în două inimi ce încă mai băteau. Niște haine nepătate de vocile dure și de neoprit ale îndrăgostiților orbiți de eternele himere.

Uite și oglinda în care ne-am privit tristețile, până ne-a dispărut conturul feței, iar zâmbetul a fugit departe de noi, speriat de două chipuri împietrite și reci. Aici este un tablou cu noi doi, păstrează-l tu, sau, mai bine aruncă-l în noaptea uitării și în ecoul surd, tăios și lucid al șoaptelor din care a dispărut dorul de tine, dorul de mine, dorul de noi. Ar fi bine totuși să păstrezi rama, poate vei reuși să pictezi alt chip al iubirii, alte culori, ca un curcubeu răsărit din ploaia monotonă și grea, care ne-a inundat veranda sufletului.

Dar cât de bine te priveai în oglinda timpurilor și cât de albastru te simțeam atunci când chipul tău îl întâlnea pe al meu în pauzele de respirat. Iar tabloul... E singurul tablou în care m-am lăsat pictat de tine. Atunci când culorile îmi spuneau cât de bine te cunosc.

Și vaza, să nu uiți vaza în care îți puneai florile de mătase pe care ți le culegeam din grădina pletelor tale și le așterneam la picioarele noastre înghețate de frigul tăios al deșertului nostru. Ia și biblioteca cu cărțile gândurilor noastre înșiruite ca niște soldați aliniați înainte de execuție. Nu înțeleg ce s-a întâmplat cu cărțile pe care voiam să le scriem împreună, unele au rămas fără coperți, altele au pagini lipsă sau mâzgălite de creioane tocite și gândurile mult prea aspre.

Știu că nu voi mai găsi o altă carte în care să-ți savurez atât de dulce chipul. M-aș rătăci prin biblioteci necunoscute sufletului și tot nu aș putea să te găsesc. O singură carte pe care am semnat iubirea. Pe aceea o port în suflet.

Și ceștile de cafea, și cana din care beam vinul fiert din „iarna vrajbei noastre”, doamne, câte promisiuni și amăgiri am sorbit amândoi din porțelanul lor rece și fin... Împachetează-le cu grijă, pune-le cu capul în jos și învelește-le în ștergarele cu care ne-am acoperit mâinile răcite de dor și pune deasupra lor pătura cu care ne acopeream unul pe altul în nopțile în care nu mai eram. Iar acum, că pleci, lasă-mi doar inima, bătăile ei de copil grăbit în iubire mă vor trezi din nou la viață.

Erau cele mai frumoase cești ce reflectau dorința. Când ochii tăi și ai mei se oglindeau în ele, în diminețile pe care le-am numit: cafea! Știam că o cafea băută în doi nu are nevoie nici de lapte și nici de miere. Era suficient să presar din tine și să-o bem până uitam de noi.

Doamne, dar ce văd aici, nu-mi mai recunosc inima, aici au rămas doar două bucăți de inimă frântă.

Ce ne spunem când nu ne mai iubim?

Cred că nimic.

Pentru că ne-am spus totul atunci când ne-am iubit atât de tare!

Erai precum o ușă în care bați și nu-ți deschide nimeni. Precum un pian ce a uitat să mai încânte atunci când îi apeși clapele. Doi ochi ce au uitat să vadă. Te făceai că nu auzi de fiecare dată când șoaptele mele încercau să îți atingă inima. Mă făceam că nu te văd atunci când mâinile tale nu se mai întâlneau cu ale mele. Eram doi surzi, deloc simpatici, când muzica noastră nu mai gâdila nici măcar o jumătate de timpan. Doi străini ce și-au uitat numele în numele unei iubiri risipite fără glas. Am răgușit amarnic atunci când te-am strigat lung și în ecou. Te îndepărtat din ce în ce mai mult, de fiecare dată când pașii mei se apropiau de tine. Îmi era teamă să te pierd, căci te iubeam. Dar ne-am pierdut singuri. Așa cum doi străini ai vieții se pierd într-un oraș necunoscut. Fără semne și fără niciun ghid de suflete. Vei fi o amintire în lumea mea. Un vers ce-l va rosti altcineva. O umbră ce mă va urmări până când soarele din suflet se va stinge. Vom fi ca două lumânări ce se topesc încet, ca două cuburi de gheață scufundate în apa ce-ți dezmiardă, atât de inocent, trupul. Ca două stele ce mor una după cealaltă, ca doi oameni ce s-au găsit și acum își spun "Adio!" Iar dacă te-am pierdut, măcar nu am pierdut iubirea. M-ai învățat s-o port cu atâta grație. Iar dacă te-am pierdut, măcar nu m-am pierdut pe mine. Tot tu m-ai învățat să mă regăsesc. Ce frumoasă e iubirea!

CÂND NU-ȚI MAI PASĂ...

Nu te mai uiți la cât e de frumoasă. Nu îi mai vezi culoarea părului și nici ochii ce ți-au zâmbit la început ca o melodie dedicată inimii. Nu te mai uiți înapoi. Așa cum te uitai înainte, pentru a-i admira, peste umăr, aerul feminin și alura ce s-a conectat subtil la privirile juste de a-i scotoci în minte. Când nu-ți mai pasă, mototolești și strângi în pumn o poză în care ei îi lipsește chipul tău, alături. O poză neterminată și neînrămată în ecoul timpului petrecut în doi. Când nu-ți mai pasă, n-o mai alinți din cap până-n picioare și nu îi mai șoptești frânturi de gând. E o sirenă ce își pierde din sunet atunci când tu te-ndepărtezi de ea, sau ea de tine. Când nu-ți mai pasă, îi înțelegi tăcerea, atunci când taci și tu la fel de cutremurător. Două note ce nu-și găsesc un loc pe portativul vostru. Două cuvinte ce nu rezistă împreună. Un el și o ea și un adio! Când nu-ți mai pasă, numele ei nu mai există. Nici în agenda telefonului și nici în cea a inimii. E șters. Cu toate că l-ai memorat în șoaptă. Când nu-ți mai pasă, nu te mai uiți la telefon și nici la ușă. Chiar dacă, în secret, aștepți să sune.

Cât timp îți ia să-l uiți pe celălalt?

Sau mai bine zis...

De cât timp este nevoie pentru a putea trece peste o despărțire...

Statistic vorbind, cam doi ani. Filosofic, cât te ține mintea, iar psihologic, cât te ține inima! Sunt oameni care nu reușesc să îl uite pe celălalt nici după o viață întreagă. Darmite să intre într-o altă relație cu un suflet curat și o inimă împăcată. Trist este că mulți o fac, aruncându-se de la „mare înălțime" în brațele celui care poate, de multe ori, nu este pregătit să îi prindă! Iar atunci când sunt prinși, se agață cu disperare de gâtul lor, sufocându-i lent, dar sigur cu trecutul și imaginea lor perpetuată acid în zilele și nopțile în care dorm în pat cu unul, dar se gândesc la celălalt.

Invadând spațiul intim al celui de lângă tine cu greutatea suferințelor purtate cu atâta chin în suflet. Un „celălalt" din trecutul neuitat și neiertat. Niciun partener din viitor nu ar trebui să fie pedepsit pentru păcatele partenerilor din trecut. O nuanță atât de fină cu care mulți se șterg la nas atunci când vine vorba despre ea.

Și mai sunt și cei care țopăie nevrotic din „floare în floare", precum o albină ce își vizitează prietenii. Sunt mrejele relațiilor-pansament, un pansament pe care îl mototolești și apoi îl arunci în coșul inimii, după ce te-ai folosit de el în oblojirea rănilor. Să mergi de mână pe stradă cu cineva și să porți în minte și inimă pe altcineva e crunt. E o pedeapsă aspră a sufletului celui ce o poartă. Dar și a celui ținut de mână. O lipsă de educație a spiritului. Un travaliu atât de greoi și neasumat pe care mulți îl ignoră cu desăvârșirea omului care le știe pe toate. A celor care se plâng că nu le place să fie singuri iar mai apoi se plâng de „singurătatea în doi". Un cerc vicios din care nu se poate ieși atât de ușor. Cu iubirea nu-i de joacă!

Te poți arde atât de ușor însă, mai mult decât atât, îi dai foc și celui de lângă tine. Când el, de fapt, nu ți-a cerut decât un foc pentru a-și aprinde inima!

Iar tu i-ai aprins sufletul și ai uitat să îl mai stingi. O formă de egoism a celui care a încetat să se iubească pe el însuși.

Și mai sunt acele guri deshidratate în ego care spun că nu ai nevoie de nicio perioadă „tampon" pentru a intra într-o relație nouă. Nu este nevoie de timp pentru niciun fel de curățare și dezintoxicare a sufletului. E ca și cum te-ai muta în casa unui alt om. Dar până și acolo trebuie schimbat ceva. Poate o nouă zugrăveală, o nouă mobilă, un nou televizor, o nouă ușă și o nouă sonerie a inimii! Asta în cazul în care accepți să te muți în „mizeria" celui dinaintea ta, respirând praful trecutului și al timpului oprit în loc.

Și totuși, de cât timp e nevoie pentru a-l uita pe celălalt? Depinde... De timpul tău!

Poate că totuși nu e vorba de „uitare", ci mai mult de iertare.

În primul rând, iertarea ta! Pentru că atunci când ierți un fost partener nu înseamnă că l-ai uitat. Înseamnă că te-ai iertat, în primul rând, pe tine!

Uită-mă să uit de tine!

E singurul drum în care sufletul meu mai poate fi salvat. Uită-mă și șterge-mă din toate amintirile noastre! Șterge-mă cu buretele mult prea înmuiat în cuvinte și iluzii! Șterge-mă cu radiera minții, dar lasă-mi clipele intacte! Începe ușor, de jos și până sus, fără a zgâria hârtia pe care ai așternut atât de multe povești de iubire. Șterge-mi ușor degetele de la picioare astfel încât să îmi rămână doar gleznele goale și fine! Șterge-mi încet gleznele și pulpele moi, și urcă încet către picioarele infinit de lungi! Mai apoi șterge-mi picioarele cu grijă, fără a mușca din pagina ce îmi acoperă în taină coapsele atât de adorate! Șterge-mi din nou stomacul și pieptul, sânii și gâtul subțire! Urcă, ușor, înspre chipul meu și șterge-mi bărbia rotunjită și albă, buzele darnice și moi, pomeții colorați de tine și ochii! Ochii să mi-i ștergi ușor de repede, fără a-mi lăsa timp să clipesc sub sprâncenele arse de dor...

Iar după ce îmi ștergi chipul, joacă-te pentru ultima oară cu părul meu de copil și uită-l! Rupe bucățele din firele goale și aruncă-le peste timpuri! Acum că m-ai șters de tot din tabloul nostru drag, te rog să mă cureți din minte și din suflet! Din inimă și din vis. Așa cum valurile nu uită să curețe malul încins de soarele nisipurilor sclipitoare. Așa cum un bolnav se curăță de boala lui. Precum o floare de ale ei petale în toamnele târzii și triste. Uită-mă așa cum ți-ai uita numele! Uită-mă să uit de tine...

Dar nu uita... iubirea!

Când mâine e ieri...

Pentru că astăzi îi treci mâinile prin păr, peste o lună îi treci numărul de telefon pe lista de block. Azi îi spui că o iubești, iar peste scurt timp îi povestești prietenului tău cel mai bun cât de mult ai ținut la ea și cât de mult a reușit să te rănească. Mâine îi spui că o vrei de soție, iar mai târziu ceri divorțul încă înainte de a te însura. Astăzi e frumoasă, mai încolo vei uita și cum își aranja părul.

Acum o vrei, iar mai apoi o vrei plecată. Acum o săruți, iar mai târziu încerci să o uiți. Astăzi ești prieten și iubit. Mâine devii străinul perfect.

Ieri a fost soare, iar azi e mult prea frig și înnorat. Acum ceva timp zâmbeai și erai fericit, iar acum te îneci în lacrimi prea amare. Totul e un du-te vino. Viața este un sens unic. Pentru unii are sens, iar pentru alții mai puțin. Unii aleg să meargă înainte, iar alții se întorc pe interzis.

Așa e viața. Precum un film difuzat în reluare dar cu alți actori nefericiți. Oamenii vin și pleacă. Important este că tu rămâi. Dar mai important este să nu rămâi în urmă.

Pentru că unele capitole nu se mai pot repeta... nici dacă vrei.

CUM AR ARĂTA O ZI DIN VIAȚĂ FĂRĂ TINE?

Diminețile ar fi prea grele. Să știu că nu aș mai putea să îți aud zâmbetul. M-aș răscoli amarnic prin cearșaful nostru, căutând atingeri printre picături de lacrimi. Aș deschide fereastra, căci cea a inimii este închisă, fără glas. M-aș bucura de ploaie. Aș strânge stropii ce îmi cad, ușor, în palmă. I-aș pune acum la pieptul meu și mi-aș spăla obrajii. M-aș îmbrăca cu hainele ce ți-au plăcut. Le-aș mirosi ca pe-o madlenă, imaginându-mi degete ce mișcă pe sub bluză. Aș aprinde țigări și le-aș fuma pe jumătate. Căci sufletul sughiță și suspină. Și te-aș vedea aievea printre dârele de fum ce se îndepărtează. Aș alerga pe străzi ca un nebun ce-și caută liniștea și te-aș căuta la fel de mult. În toți oamenii ce îmi apar, acum, identici. Aș poposi la cafeneaua noastră. Acolo unde ascultam povestea vieții. Mi-aș trece mâinile prin păr și aș închide ochii. Crezând că tu ești omul care mă răsfață. Aș râde fără de sfârșit cu ființa, visând la cum râdeai cu mine. Și mi-aș dori să mă întorc acasă, sperând să te găsesc acolo. În pragul ușii ce miroase a tine. De pragul inimii tale m-am împiedicat demult. Dar a fost cea mai frumoasă căzătură din viața mea. Atât de lină mi-ai făcut căderea. Aş răsfoi albumul nostru şi te-aş săruta în toate pozele ce plâng acum după iubire. Dar nu le-aş rupe. E ca şi cum aş rupe, crunt, bucăţi din mine. Voi alege una şi-o voi lipi de inimă. Uitându-mă la ceasul ce acum, nu-mi este prieten. Dacă aş putea, l-aş opri. Aş da limbile înapoi şi m-aş certa cu ele. Iar noaptea s-ar lăsa peste suspine. M-aş aşeza în patul nostru şi mi-aş dori să pot s-adorm. Atât de repede. Eu, poza noastră, un cearşaf mototolit de mâini ce strigă şi tu... în amintiri. Cum ar fi o zi din viaţă fără tine? Nu ar fi. Pentru că locul tău a fost şi este lângă mine...

Dimineaţa fără ea e precum ea fără zâmbet. Precum obrajii ei fără gropiţe. Ca mâinile ei fără mâinile tale. Ca buza ei de sus fără buza ta de jos. Dimineţile fără ea sunt precum orele fără minute şi minutele fără secunde. E ca un ceas fără limbi şi o melodie fără ritm. Dimineţile fără ea sunt un tango. Dar fără dansatori. Sunt poezii. Dar fără versuri. Sunt păsări fără glas. Sunt gânduri fără alte gânduri. Sunt păpuşi de porţelan lipsite de farmec şi de viaţă. Sunt parfum fără aromă. E un tot fără nimic. O floare fără miros şi un miros fără culoare. Dimineaţa fără Ea e soare. Fără căldură. E o stradă fără paşi şi paşi fără de zgomot. E inimă. Fără bătăi. Voci fără ecou. E un teatru fără spectatori. Diminețile fără ea sunt triste. O tristețe fără bucurie. Sunt zgomot fără liniște și zbucium fără pace. Urâte dimineți. Decât dimineți așa, mai bine nopți nesfârșite... cu ea!

Te voi căuta prin toate cătunele ființei. Până când voi obosi atât de dulce. Iar mai apoi o voi lua de la capăt. Voi scotoci dincolo de ochii tăi și-ți voi căuta privirea asemenea unui medicament ce-alină trupuri.

Voi trimite câinii sufletului să-ți prindă urma și să adulmece mirosul tău pătat de tine. Voi trimite toți străjerii inimii să te caute prin pădurile unde noi doi ne-am sărutat pentru prima oară. Unde ne-am spus pe nume. Voi rătăci fiecare drum bătătorit de pașii tăi fini și voi sculpta în pietrele ce-au gâdilat ale tale glezne. Voi alerga ca un nebun strigându-te. Prin văile minții. Prin munții simțurilor și prin dealurile sinuoase ale poveștilor rememorate în doi. Iar atunci când te voi găsi... Te voi iubi! Așa cum am făcut-o din clipa în care buzele tale au rostit un prim vers pentru mine. Așa cum un bărbat poate iubi o femeie. Nu-ți voi aduce nestemate. Nici nu-ți voi construi castele. Poate doar de nisip, atunci când soarele va arde cel mai tare. Nu te voi îmbrăca în haine scumpe, ci poate doar în vorbe, iar mai apoi în șoapte.

Atât de mult te vei simți iubită. Atât de mult te vei simți... Femeie!

Nu trebuie să mă cauți! Te voi găsi eu!

Gândurile se destramă și se reconstruiesc la fel de cald în mintea ce s-a împrietenit iremediabil cu inima. Ochii injectați de o pasiune nebună se dilată, iar buzele crăpate prind culoarea roșiatică a unui amurg rostit în taina sacră a ritualului păzit de gurile și umbrele cuvintelor sculptate ascuțit. Pielea se încrețește, iar sute și mii de fiori năpădesc inocent straturile ei fine, antrenând venele jucăușe într-un dans parcă întipărit acum milioane de ani în ADN-ul simțurilor. Stomacul se micșorează sub mirarea copilăroasă a unui trup pierdut de sub controlul atent al vocii interioare. Vârfurile degetelor de la picioare rup definitiv pactul împământării lor, semnând un contract atât de pur cu aerul ce antrenează toată ființa.

Sfidarea gravitații este văzută acum ca o lege a îndrăgostiților iar inerția este batjocorită atunci când cele două trupuri se cheamă mai aproape. Contrastele diafane ale culorilor ce îți surâd în viu, se transformă în licurici pătați de transhumanța emoțiilor. Atunci când ele trec neobservate de la unul la celălalt, învingând peisaje, kilometri întregi și vântul ce adie tot mai cald. Nuanțele din jur se preschimbă în trăiri și complotează temerar la unirea celor doi.

Când ți-e dor, uiți să mai plângi, atunci când singurele lacrimi purtate agale sunt cele ale unei fericiri găsite-n suflet. Uiți să-ți mai fie frig atunci când iernile prefăcute domol în primăveri te curtează elegant. Uiți să-ți mai fie teamă atunci când prinzi curaj ca un nebun purtat de viață. Uiți să-ți mai fie greu atunci când trupul tău ușor îți spune că iubești.

Și totuși... e frig. Atât afară cât și înăuntru. Ți-e dor de vară... Când, în tot acest timp, trebuia să-ți fie dor de ea!

Îmi este dor de un surâs. De o privire pură ce ascunde multe lacrimi îmblânzite de fiorul dragostei. Îmi este dor de soarele ce și-a făcut loc în inima ta, începând să o încălzească în taină pe a mea. Îmi este dor de atingeri nevinovate și de momentele de frenezie ce ne-au secat de gândurile rătăcite în suferință. Îmi este dor de pielea ta, de carnea și de oasele tale moi. De sângele mult prea roșu și cald ce strigă încătușat în venele timpului. Îmi este dor să te îmbrățișez în cercuri, în forme nedeslușite de mințile înguste care au încetat să mai creadă în iubire și în ei. Îmi este dor să dansez cu tine și cu ochii tăi închiși... Pe aceeași muzică șoptită în ritmul inimii și al pașilor purtați precum tangoul ce-l repeți mereu în oglinda noastră. Îmi este dor să îți simt atingerea apăsătoare a mâinilor tale ude și a degetelor tale lungi, a pieptului tău dezgolit și a coapselor tale fine și mult prea curbate în perfecțiune.

Dor să te simt în infinitul aspru al zilelor și al nopților târzii. Îmi este dor să te sărut sub semnul nostru, să pot să te adorm în glas și în ecou, să pot să mă trezesc atât de aproape. Îmi este dor atunci când pleci, dar și atunci când vrei să mai rămâi. Îmi este dor de cuvintele noastre de iubire, de pașii-acoperiți cu grijă și atenție, îmi este dor de „Te ador". Așa cum doare și atât de mult e dor...

Îmi este dor de tine așa cum cerului îi este dor de mare, valuri și nisip.

Îmi este dor de noi...

Așa cum noi am existat... dintotdeauna!

Iubirea este un joc minunat. Pentru unii, un joc ușor, pentru alții, un joc mai greu, iar pentru cei care nu gustă jocurile, unul imposibil. Pentru a vorbi de un joc perfect este întotdeauna nevoie de doi. Un el și o ea. Un el și o ea care acceptă regulile nescrise ale îndrăgostiților și care încep să se joace unul cu celălalt, asemenea copiilor purtați de inimi și de viață. Iubirea este jocul suprem dintre doi oameni care și-au construit o scară spre cerul din inima celuilalt.

Pentru a fi eligibil să participi trebuie să fi câștigat toate jocurile anterioare sufletului. Jocul trecutului, jocul suferinței și al dezamăgirii, jocul așteptării, dar și jocul schimbării. Pentru a putea juca acest joc nu este nevoie să fii un jucător perfect. Trebuie doar să intri în joc. Nu este nevoie de reguli. Pentru că voi doi vă veți stabili regulile. Cum? Jucând!

Iubirea este jocul oamenilor inteligenți, jocul oamenilor care recurg la tot felul de tactici pentru a-și putea negocia sentimentele. Iubirea este jocul schimburilor. Al schimburilor de inimi și, mai mult decât atât, al contopirii celor două în etern. E un schimb de lumi și o împreunare nevinovată și perfectă a celor doi complici.

Să fii complice la fericirea celuilalt este un sentiment sublim. Pentru că în jocul iubirii, fericirea este punctul în care ambii parteneri se unesc asemenea picăturilor de ploaie ce nu au atins încă pământul aspru și vechi.

Omul slab nu poate duce acest joc la bun sfârșit. Va fi dominat de orgoliu, de așteptări, de temeri... de un ego înfiorător de rece. El va pierde jocul încă înainte de a-l începe. Va încerca să trișeze, iar dacă nu reușește, va încălca regulile cu zâmbetul pe buzele-i arse de indiferență.

Iubirea nu este jocul oamenilor slabi. Nici al oamenilor care au încetat să mai creadă în ludic. Acei oameni au încetat, în esență, să mai fie copii. Jocul înseamnă cunoaștere, acceptare, luptă, credință și iubire. Jocul iubirii este iubirea însăși.

Să fii părtaș la jocul dragostei este un privilegiu. Un privilegiu pe care trebuie să îl câștigi.

Iar dacă l-ai câștigat, fii pregătit să joci ca la carte!

Să te îndrăgostești e minunat. Totul devine mai frumos, mai bun și mai colorat. Inclusiv partenerul nepotrivit de lângă tine. Partenerul care încearcă să te seducă din spatele măștilor eterne în alb și negru. Să te îndrăgostești de cineva este sublim. Dar să te îndrăgostești de persoana nepotrivită nu poate fi decât un chin, pe termen lung.

Din dragoste te umilești, iei pumni, accepți orice și mergi înainte. Chiar și atunci când bați pasul pe loc. Asta nu e dragoste. E auto-distrugere. Și dacă ai cumva impresia că partenerul de lângă tine este cel mai vinovat în tot acest proces, te înșeli amarnic. Tu ești vinovat. Că accepți și continui. Continui această șaradă dureroasă în numele unei iubiri pe care încerci să o păstrezi cu forța slăbiciunii tale.

Iar cel care încearcă să păstreze o iubire cu forța este primul care o va pierde. Testat și verificat. Pe propria piele. Iubirea nu se încătușează și nu trebuie izolată. Iubirea este liberă și trebuie să te facă și pe tine să te simți așa.

Iubirea îți dă aripi, nu ți le taie.

O iubire cu forța nu se poate. Este cel mai imatur mod de a fi. De a fi legat de cineva care nu dă doi bani pe tine și care te pune de fiecare dată pe locul doi. Dar, în ciuda tuturor promisiunilor încălcate cu eleganță și a faptelor umbrite de atâtea vorbe suave, speri într-un miracol. Miracolul schimbării celuilalt. Iar dacă asta nu se întâmplă, vei invoca tu schimbarea și vei încerca să o induci în celălalt.

Cine vrea să se schimbe, o va face pentru tine. Nemijlocit. Cu pași mărunți dar siguri. Dar nu și partenerul nepotrivit. El nu va încerca să se schimbe. Nici măcar pentru el, darmite pentru tine. Și atunci? Ce mai cauți acolo? Alte promisiuni? Alte cuvinte alese cu grijă? Alte nopți nedormite și acoperite de lacrimi?

Dacă nu primești cât oferi, schimbă persoana, nu intensitatea! Și schimb-o repede! Și vei găsi iubirea adevărată. Sau măcar vei învăța să o aștepți matur...

Pentru că dragoste cu forța nu se poate, dar forța dragostei poate orice!

CAPITOLUL V

VISUL IUBIRII

Am tot ce îmi doresc. Îmi lipsești doar... tu!

Mă gândesc non stop la tine așa cum se gândește cineva la viață. Neîntrerupt și fără multe gânduri aruncate în grabă peste zile. Timpul se oprește și încerc să mă opresc și eu cu el. Doar pentru a nu te pierde în mulțimea nebună din jurul meu. Am umplut foile jurnalului cu imaginea ta toată. Te-am așternut peste tot. În minte, în suflet și în inimă. Te-am pictat pe toți pereții trupului și te-am șters de atâtea ori. Te-am strigat și te-am cântat în spațiile goale și reci de pe străzile și mai pustii de peste noapte. Te caut și acum grăbit în cele mai ciudate vise. Și te găsesc de atâtea ori.

Sunt ca un nebun fără stăpân și fără glas atunci când tot ce simt, trăiesc și sper ești tu. Dar sunt nebunul tău și singura cămașă de forță pe care o accept acum sunt brațele tale peste trupul meu. Singurul medicament pe care îl mai pot digera e mirosul tău fin ce mi-a rămas și acum pe vârful degetelor. Singurul tratament în ultima zi a anului sunt pașii tăi înceți ca două urme presărate în coridorul în care stau acum și plâng... tot singur! Am cunoscut atâtea femei precum trenul atâtea gări și am poposit zadarnic în stațiile goale și fără semne. Am așteptat atât de mult să mai cunosc pe cineva ca tine din toată mulțimea de suflete rănite. Și m-am rugat de atâtea ori să aflu o dragoste pierdută... o dragoste așa cum doar la tine am putut simți. Am riscat să te pierd o dată și mi-a fost de-ajuns.

Dar te-am pierdut în golul dintre suflete, așa cum inima pierde din bătăi când vrea să plece. O singură femeie... și aceea în ediție limitată! Dar cu un suflet nemărginit...

Iar dacă nu am vrut să pleci, trebuia să învăț cum să te fac să rămâi!

În poza asta erai fericită...

...sau, cel puțin, așa păreai. Chiar dacă nu puteai să păcălești pe nimeni. Nu poți să îți maschezi nefericirea. Oricât de mult fond de ten ai folosi. Indiferent de culoarea rujului sau de mărimea zâmbetului. Un chip rănit se vede prin lupa inimii și-a minții. Strigă atât de dureros prin porii inflamați ai ființei. Precum un cântec neterminat. Ca niște versuri sugrumate înainte ca poezia sa atingă inimi.

Nu poți mima la nesfârșit aceeași piesă. Căci fericirea e o stare. Depinde numai de tine s-o poți menține în echilibru. Atunci când râzi, degeaba o faci cu buzele. Chiar și cu ochii sau cu pomeții tăi atinși de lacrimi. Degeaba imortalizezi o bucurie falsă. Căci poza ta, tot neagră va rămâne. Așa cum sufletul se zbate-n cenușiu. Nu ești la prima întâlnire. Cum tu îți alegi atent îmbrăcămintea, așa își alege el cuvintele. Mai târziu, hainele rămân la fel de frumoase. Cuvintele, mai puțin. La fel ca zâmbetul de pe chipul tău plăpând ce râde. Zâmbetul trece, suferința rămâne. Chiar dacă este înlocuit de un alt zâmbet așternut atât de fin între orele ce nu mai trec așa de ușor. Nu ești la birou. Să fii mereu aranjată și elegantă. Ai ajuns să te uiți prea mult în oglindă, însă ai uitat să faci curățenie în suflet.

Multe femei aleg să fie mai mult doamne în societate decât fericite acasă. Așa cum mulți bărbați preferă să aibă mereu dreptate, decât liniște în suflet. În goana după admirație si like-uri, mulți au uitat că îi așteaptă cineva acasă. Atât de mare e distanța dintre ei.

Tu ai nevoie, în primul rând, de tine. Și mai apoi de-un suflet cald alături.

Căci nu înseamnă nimic atunci când o femeie este admirată de mulți, dar poate însemna totul atunci când este iubită de cine trebuie!

Eu nu mai vreau să fii nefericită!

Vreau să fii tu!

De câte ori ți-ai șters lacrimile în șoaptă și ți-ai pus masca fericirii? De câte ori mi te-am imaginat ghemuită în acel colț uitat de lume cu zâmbetul răvășit în amintiri? Nu am putut niciodată să mă uit în ochii tăi triști fără să rup bucăți din inimă și să le arunc în jurul meu. Fiecare plânset al tău mi-a spus mereu că tu ești mai puternică decât ai fost ieri și că singură vei străpunge suferința.

Dar eu te vreau lângă mine. Vreau împreună cu tine să sufăr, să mă bucur, să plâng și să râd de fiecare dată când îmi spui că vrei să mai rămân. De câte ori ai ferecat porțile inimii pentru a nu face loc luminii? Cum ai putut să te îneci singură în toate dramele „personale” aruncate în sufletul tău de oameni fără inimi?

Oameni fără chip care ți-au ucis clipele... Niște hoți de clipe. Violatori ai momentelor. Unde ai putut să îți uiți iubirea atunci când cei din jur te-au întors din drumul tău spre fericire? Doar pentru a-și găsi ei înșiși acea fericire. O fericire mimată. Mută. La fel ca ei. Câte săptămâni, luni și ani au trecut fără să te bucuri de tine și de visul tău?

Fără să te bucuri de zâmbetul tău curat, de râsul tău de copil și de frumusețea ta plăpândă... Unde ai lăsat inima să poposească și cui ai împrumutat visul tău senin?

Vreau să mă asculți acum!

Vreau să râzi! Atunci când ochii tăi sunt închiși. Atunci când te trezești în diminețile cele mai reci de pe pământ. Vreau să râzi atunci când toți ceilalți plâng! Când lumea își înghite cuvintele în cele mai amare zile. Vreau să fii puternică! Vreau să fii TU! Pentru că tu ești vântul cel mai puternic. Valul cel mai înalt. Nisipul cel mai fierbinte. Ochii cei mai blânzi...

Te rog nu mai plânge! Te rog... Pentru că eu nu mai vreau să fii nefericită!

Memoria iubirii... Sunt sigur că nu ai uitat... Niciodată!

Un prim sărut ce ți-a pătat atât de dulce buzele. Cel dintâi buchet de flori. Răsfirat în sute de gânduri și arome. Prima îmbrățișare. Atât de sinceră și inocentă. Prima iubire. Chiar dacă nu a fost și ultima.

Tu nu ai uitat niciodată! Primul pahar de vin sorbit între priviri îndrăgostite. Prima ieșire. Ferită de ochi curioși și minți dezlănțuite. Nu ai uitat niciodată. Primul „Te iubesc!" simțit prin toate venele. Atât de repede pulsează el în mintea ta. Cel dintâi parfum. Înmiresmat în stropi de mir. Atât de fină este pielea ta. Nu ai uitat niciodată! Un prim inel oferit chiar și în joacă. Prima durere ce ți-a sfâșiat bucăți din inimă. Prima minciună. Ca o trădare neînțeleasă a ființei. Primele palme ce-au lăsat amprente. Mai mult în suflet decât pe un chip plăpând. O altă femeie. Atunci când prima nu mai ești tu. Cele dintâi cuvinte aspre. Ce nu te mângâie, ci taie respirații. O ultimă întâlnire. O vei purta în suflet. La fel ca pe prima. O ultimă atingere. În diminețile sau serile în care eu voi înceta să fiu.

Tu nu vei uita niciodată! Nu ai cum! Poate doar atunci când n-ai iubit cu adevărat!

Nu vei uita niciodată...

Serile perfecte. Locurile perfecte. Momentele perfecte înmuiate în trăiri mai mult ca perfecte. Licorile perfecte ce ne alintă gusturile și parfumurile perfecte ce ne gâdilă mirosul în toiul zilelor prăfuite, în amprente apăsate în inimă. Întâlnirile perfecte. Cel puțin, primele! Ținutele perfecte și zâmbetele așezate cu grijă pe chipurile îngrijite aproape perfect. Mânjite dureros la interior. De niște „maeștri păpușari" ce au confundat firul fragil al clipelor cu mișcările teatrale ce mimează o fericire flămândă.

Certurile perfecte. Atunci când amândoi credeam că avem dreptate și când, în realitate, era mult mai important să fim fericiți. Ultimul cuvânt nu trebuie să îl avem mereu. O șoaptă poate fi îndeajuns. De noapte bună sau chiar de bună dimineața. Aceleași dimineți perfecte, dar umbrite de imperfecțiunea celuilalt. Noi singuri alegem cu cine să adormim și lângă cine să ne trezim. Nopțile perfecte inundate abrupt de vise perfecte în care ni-l imaginăm pe celălalt așa cum ne dorim noi să fie. Perfect! Cuvintele alese perfect din sertarul minții. Mai puțin din cel al inimii. Cel din urmă a început să scârțâie nevinovat în timpanul iubirii. Trebuie uns. Cu multă acceptare și iubire. Nu este suficient să îl placi pe celălalt. Trebuie să îl și accepți. Cu bune și cu rele. Cu petele lui de alb și de negru. Cu nenumăratele nuanțe de gri ce se amestecă diafan în tropotul ființei. Nu este îndeajuns să iubești. Trebuie să fii iubit. De același om pe care încă îl visezi, rostindu-i numele în ecou.

Nu există iubiri imperfecte. Așa cum nu există îngeri fără de aripi si demoni fără de coşmaruri. Există oameni. Mulți. Imperfecți. Dar frumoși. Al naibii de frumoși în imperfecțiunea lor... perfectă! Există un el și o ea care se vor întâlni, la un moment dat, sub același cer pictat de mâini împreunate. Între ei nu există nimic. Decât iubire. O iubire perfectă.

Iubirea nu greșește niciodată! Noi greșim... Pentru că nu știm ce să facem cu ea!

Însă niciodată nu e prea târziu... pentru o privire furată în doi pe marginea unui drum ce împrăștie praful celor care l-au bătătorit.

Pentru o cafea băută în cafeneaua pe care ai evitat-o atâta amar de vreme. Pentru un film stupid văzut până la capăt cu niște actori ce-și uită replicile de final. Niciodată nu e prea târziu pentru a spune „Îmi pare rău!", când cel de lângă tine suspină între două bătăi de inimă. Nu e târziu să porți aceeași bluză prin care ți se vede sufletul atunci când ai închis dulapul și nu ți-ai mai întors privirea. O cheie ruginită inocent de-amprente ce imită chipuri. Niciodată nu e prea târziu pentru a fi din nou copil. Să înveți să râzi ca la-nceput atunci când toți ceilalți plâng. Nu e târziu pentru o îmbrățișare și un sărut. E mult mai bine să te uiți în ochii lui decât să-l cauți în poze ce miros a voi. Niciodată nu e prea târziu pentru un final ce se preschimbă-n început.

Niciodată nu e prea târziu să cazi, să te ridici de-atâtea ori. Numai așa înveți. Ca un mezin ce învață viața.

Niciodată nu e prea târziu să iubești din nou.

La fel de mult... să fii iubit.

Pentru că, la final de zi, nu ne dorim nimic altceva...

Nu avem nevoie de mașini. Să gonim cu ele pe aceleași autostrăzi goale ale unui suflet ars și condamnat de impostorii ființei. Ne-am săturat de lacrimi. Sărate sau amare. Căci tot în inimă ajung. Nu avem nevoie de bani. Căci unii au avut prea mulți și tot n-au reușit să-și cumpere un dram de liniște. Iar alții au avut prea puțini și s-au gândit o viață cum să-i facă. Nu avem nevoie de excursii exotice. Căci dacă inima nu e un paradis, orice alt loc de pe pământ ne pare negru. Întunecat de fiorii celei mai aprige șoapte ce îți cutremură, aievea, trupul. Nu avem nevoie de băuturi scumpe. Căci un rosé atât de pur își pierde gustul atunci când e servit de oameni ieftini. Nu avem nevoie de parfumuri. Când singura aromă ce o căutăm în noi și-n ceilalți, e cea a sufletului. Mulți am uitat cum miroase iubirea și cât de mult dorim să fim adulmecați. Din cap, până-n picioare. Din minte, până-n inimă. Nu avem nevoie de haine scumpe. Atâta timp cât ele îmbracă un suflet chinuit și aspru. Doi oameni ce se îmbracă elegant, la fel de elegant spunându-și un Adio. Nu mai avem nevoie de cuvinte. Ne-am înecat în ele și cu greu ieșim la suprafață. Atunci când faptele strigă același glas neauzit de către ceilalți. N-avem nevoie de nimic! Decât de-un suflet cald și o privire blândă. O îmbrățișare venită la momentul potrivit și de la omul ce-l purtăm, curat, în gânduri. Căci la final de zi, nu ne dorim nimic altceva!

Decât să iubim și să fim iubiți!

Viitorul nu te așteaptă!

Crezi că ai timp? Un sărut se oferă azi. La fel și-o îmbrățișare. Căci mâine s-ar putea să nu mai vină. Privirile nu se amână. Crezi că ai timp suficient? Să picuri stropi de bucurie în inima celor dragi? Să numeri zilele și să împarți iubirea? Iubirea nu se împarte la zile. Și nici la clipe ce nu au venit. Iubirea e un fluviu care curge. Din asfințitul înmuiat în trupuri vii și până-n răsărit.

Crezi că e timp să spui un te iubesc doar pentru că cel de lângă tine nu a plecat? Nimeni nu poate fi o promisiune pentru tine. Spune-l acum! Prezentul nu se poate regreta. Crezi că e timp să te întorci iar în trecut? Să chemi aceleași lacrimi să îți ude obrajii încinși? Trecutul nu mai are timp. Căci el s-a stins demult. Purtând în amintiri imagini vii. Nu este timp pentru viitor. Prezentul strigă prin toți porii ființei. Nu mai e timp pentru cuvinte acolo unde faptele se pierd între silabe. Nu mai e timp pentru o rugăciune dacă o lași în suflet pentru mâine. Îngerii nu se odihnesc. Nici demonii. Nu este timp să crezi că viața te așteaptă. Te-a așteptat destul să te trezești.

Astăzi e timp pentru orice. Și pentru un sărut pe care l-ai promis și nu a mai atins buze celebre. Și pentru o ținere de mână ce poate mâine se va rătăci în gânduri reci. Și pentru un te iubesc șoptit din inimă. E singurul ce va rămâne în ecou. Astăzi e timp pentru priviri. Dar nu în jos, ci-n ochii celuilalt. Acolo unde doi se contopesc nu mai există nici trecut și nici viitor. Atunci când două trupuri se unesc. Astăzi e timp pentru iubire. Nu ieri, nu mâine sau în altă zi.

Nu iubi mâine ce poți iubi azi! Iubește azi cum nu ai mai iubit... o viață!

CAPITOLUL VI

IEȘIREA DIN ADOLESCENȚĂ
SAU
CINE ESTE EA?

Când eram în liceu, am citit și eu, ca mulți alți „puști" de vârsta mea, *Studii despre iubire* de Ortega Y Gasset. Îmi plăceau câteva fete pe vremea aceea și îmi doream enorm să cunosc „marea iubire", poate de aceea încercam să găsesc în cărți misterul feminității, descifrarea miracolului îndrăgostirii, a iradierii sufletului către o altă ființă pe care o simțim, dintr-o dată, „sufletul pereche". Nu l-am înțeles atunci pe Y Gasset, pentru că eram la vârsta *atracției către frumusețe* sau a dorinței de îndrăgostire, l-am înțeles mult mai târziu, când am suferit din iubire, când am plâns, am sperat, am fost dezamăgit, am dezamăgit, am iertat și m-am iertat, am uitat, apoi nu am mai sperat, într-un cuvânt, când am învățat să iubesc și să mă iubesc, *„căci iubindu-te pe tine, mă-nțeleg pe mine însumi"*, spune Poetul. Cărțile ne vorbesc, dar nu întotdeauna atunci când le citim, de cele mai multe ori, le înțelegem doar atunci când le *trăim*.

Am înțeles, cu timpul, diferența dintre starea de îndrăgostire și iubirea adevărată, am înțeles că iubirea este *năzuința omului spre perfecțiune,* năzuință dureroasă, fatală, tragică, mistică, imposibil de realizat în orizontul omenesc. Ne îndrăgostim de cineva care ne încântă, ne face să credem că am descoperit perfecțiunea, inefabilul, starea de grație care ne ocupă total ființa și care ne situează dincolo de lume, dincolo de banalitate și efemer. Ne îndrăgostim de celălalt și de noi înșine, de imaginea despre noi văzută prin celălalt, pentru ca mai apoi să ne „trezim", să înțelegem idealizarea produsă de starea de îndrăgostire și perplexitatea singurătății, pustiirea goliciunii produsă de dezvelirea celuilalt și a noastră, suferința că diafanul din ființa de care te-ai îndrăgostit se întrupează dintr-o dată în cuvinte, forme, gesturi, atitudini atât de concrete, atât de... umane! Iubirea adolescentină, imatură va suferi în fața acestui adevărat test al dragostei, convinsă că a fost înșelată, mințită de o *nălucă,* fără să își dea seama că ea însăși a plăsmuit o stare de hipnoză, ruptă de realitate și lipsită de materialitate.

După îndrăgostirea romantică, spiritualizată, învățăm cu adevărat să iubim blândețea surâsului obosit la amurgul zilei sau al vieții, căldura mâinii ridate de frământările vieții, vehemența mamei care își apără copilul, dârzenia privirii care topește minciuna, moliciunea privirii în fața durerii, stridența glasului care apără un principiu, tăcerea tăioasă în fața greșelii, tăcerea caldă a dăruirii de sine sau tăcerea solidară în fața suferinței. Învățăm să iubim femeia puternică în fragilitatea ei de zi cu zi, femeia-copil care se bucură pentru fiecare zâmbet de-al tău și își ascunde tristețea când înțelege când o minți, femeia care strălucește în lumina iubirii, femeia care pălește în absența ta, femeia care te întâmpină cu bucurie în pragul ușii, dar și femeia care îți arată ușa când ai pierdut cheia spre inima ei, ne înduioșăm de lacrimile ei sărate și ne îndulcim cu șoaptele ei vinovate, ne aprindem de voluptatea ochilor ei și ne stingem orgoliile în râul pletelor ei. Învățăm să respirăm împreună, să ne modelăm subtil, fără să știm, fără să înțelegem vreodată că ne-am dorit această modelare, că însăși iubirea este cea care ne transformă, ne (re)creează și ne ghidează. Învățăm că nu putem să învățăm iubirea, că nu putem să o analizăm, învățăm că ea, iubirea, este cea care dă formă și viață, că fără Ea suntem goi.

Așadar, cine este Ea ? Ea nu este o nălucă sau, dacă vreți, Ea nu este doar o plăsmuire a minții noastre, Ea este o ființă ireală și, totuși, atât de reală, este o *ieșire din timpul concret*, dar și o așezare în uman, în cotidian, o veșnică năzuință către perfecțiune, cât și o iubire a umanității, o acceptare a condiției umane, o suspendare a clipei și o îndrăgostire de efemerul din noi. Este o veșnică adolescență și o *ieșire din adolescență*, o așezare asumată în maturitate, Ea este dincolo de noi și, totodată, face parte din însăși ființa noastră, este o creație a noastră care ne creează continuu. Este prototipul feminității, așa cum este pentru Ortega Y Gasset *creola*, dar Ea există în diafanul și concretețea fiecărei femei de lângă noi. Ea este un ideal al fiecăruia dintre noi și o întâlnire mistică a propriei imaginații cu ființa care se apropie cel mai mult de feminitatea spre care tânjim, în funcție de vârstele iubirii și de codurile culturale care ne definesc.

Am priceput acum că nu puteam să-l înțeleg pe Y Gasset la vârsta când încă nu iubeam, pentru că filosoful spaniol nu putea să scrie despre iubire decât după ce a cunoscut iubirea prin superlativul feminității creole pe care a descris-o. Nu poți să studiezi iubirea, iubirea se iubește și te iubește, iubirea începi să o înțelegi doar iubind-o pe Ea.

Iubind-o pe Ea/ *Alexandru Chermeleu*
Timișoara: Stylished 2018
ISBN: 978-606-94540-1-5

Editura STYLISHED
Timișoara, Județul Timiș
Strada Ion Rațiu nr. 18
Tel.: (+40)727.07.49.48
www.stylishedbooks.ro

STYLISHED

Corectură, redactare și restilizare: Oana Călin

Editarea grafică a fost realizată în parteneriat cu

BADesign Studio

BADESIGN STUDIO

www.badesign.ro

Tipar: Artprint București